Johann Nestroy

Höllenangst

Posse mit Gesang
in drei Akten

Herausgegeben von
Jürgen Hein

Philipp Reclam jun. Stuttgart

Der Text folgt den *Gesammelten Werken*, herausgegeben von Otto Rommel, fünfter Band, Verlag von Anton Schroll & Co., Wien 1949. Er entspricht, bei neuerlicher Revision nach den Handschriften – insbesondere für die Couplets I,7 und I,14 (Wiener Stadt- und Landesbibliothek, 208.461 und 208.462) –, der historisch-kritischen Gesamtausgabe: Johann Nestroy, *Sämtliche Werke*, herausgegeben von Fritz Brukner und Otto Rommel, Band 5, Wien 1925. Orthographie und Interpunktion sind modernisiert, Uneinheitlichkeiten in der Apostrophsetzung wurden ausgeglichen. Die Anmerkungen stützen sich zum Teil auf die genannten Ausgaben. Sie wurden vom Herausgeber bearbeitet und ergänzt.

RECLAMS UNIVERSAL-BIBLIOTHEK Nr. 8382

Bibliographisch ergänzte Ausgabe 2001
Gesamtherstellung: Reclam, Ditzingen. Printed in Germany 2006

ISBN-13: 978-3-15-008382-6
ISBN-10: 3-15-008382-6

www.reclam.de

PERSONENVERZEICHNIS

Baronesse Adele von Stromberg, *eine Waise*
Freiherr von Stromberg, *Bruder ihres verstorbenen Vaters*
Freiherr von Reichthal, *Bruder ihrer verstorbenen Mutter*
von Arnstedt, *Staatssekretär*
von Thurming, *Oberrichter*
Pfrim[1], *ein alter Schuster*
Eva, *sein Weib*
Wendelin[2], *beider Sohn*
Rosalie, *Kammerjungfer der Baronesse Adele*
Johann, *Bedienter bei Stromberg*
Gottfried, Ignaz, } *Bediente bei Thurming*
Ein Kommissär
Ein Schlosser
Portier *bei Arnstedt*
Leni, *dessen Tochter*
Ein Schmied
Ein Kohlenbrenner[3]
Ein Rauchfangkehrer[4]
Offizier, Sergeant } *der Gendarmerie*
Erster Gendarm
Zweiter Gendarm
Bediente, Arbeiter

Die Handlung spielt in einer großen Stadt[5] und ihrer unmittelbaren Umgebung.

1 Possentypischer sprechender Name; von *Pfriem* (Schusterwerkzeug).
2 Der Hl. Wendelin gilt als einer der »Vierzehn Nothelfer«; hier vielleicht eine ironische Anspielung.
3 Köhler.
4 Schornsteinfeger.
5 Mit der »großen Stadt« ist in den Possen des Wiener Volkstheaters immer Wien gemeint.

Der Theaterzettel gibt noch an: Die Handlung ist teilweise dem Französischen des d'Epagny und Dupin nachgebildet, Musik von Michael Hebenstreit. Die vorkommende Schlußdekoration ist von Dekorationsmaler Lehmann.
Erstaufführung am 17. November 1849. Das Stück wurde im ganzen nur fünfmal gespielt (17.–21. November 1849). Eine Wiederbelebung erfuhr das Stück 1948 in einer Bearbeitung von Karl Paryla (Musik von Hanns Eisler), die Teile des »Schicksalsmonologs« (siehe S. 105 ff.) zum erstenmal auf die Bühne brachte,[6] und durch die schon fast legendäre Aufführung 1961 im Theater in der Josefstadt mit Hans Moser als Pfrim. Wie Parylas Bearbeitung versucht auch die Bearbeitung für die Stuttgarter Aufführung 1974 eine Integration der aus Zensurrücksichten unterdrückten Passagen.[7]

6 Vgl. Johann Nestroy, *Höllenangst. Posse mit Gesang in drei Akten*, Bühneneinrichtung des Neuen Theaters in der Scala, hrsg. in Zusammenarbeit mit dem Verein »Die Theaterfreunde«, Wien 1948 (Tagblatt-Bibliothek); – Hanns Eisler, »Über die Musik zu Nestroys ›Höllenangst‹« (1948), in: *Sinn und Form*, Sonderheft H. Eisler, 1964, S. 276–77.
7 Vgl. Johann Nestroy, *Höllenangst*, Programmbuch Nr. 3, Stuttgart 1974.

ERSTER AKT

Platz in einer Stadt mit altmodisch gebauten Häusern, mit Giebeldächern und Erkern, Vorsprüngen etc. In dem Prospekte[8]*, der nicht tief sein darf, ein großes palastähnliches Haus mit Erkern, Giebeln und einem Balkon. Auf den Balkon führt eine praktikable*[9] *Glastüre, das Fenster rechts vom Balkon ist praktikabel und stößt nahe an das Giebeldach des dem Prospekte zunächst stehenden Hauses. Unter dem Balkon das praktikable Haustor. An den Kulissen links sind altertümliche kleinere Häuser.*

ERSTE SZENE

Reichthal.

(Es ist Nacht. Reichthal tritt mit Vorsicht von Seite links auf, er ist in einen grauen Mantel gehüllt und hat eine Reisemütze tief in die Augen gedrückt.)

Reichthal. Ich bin am rechten Orte. Nur die Eile, die Ungeduld und hundert schmerzliche Erinnerungen, die meine Sinne fast verwirren, ließen mich nach kaum zweijähriger Abwesenheit die wohlbekannten Häuser und Straßen nicht sogleich erkennen. *(Nach dem großen Hause im Prospekte zeigend.)* Hier steh' ich vor dem Palais Reichthal, dem einstigen Wohnsitz meiner teuren Schwester, die so schnell ihrem Gatten in jene Welt gefolgt. Ohne Zweifel hat des verstorbenen Strombergs habsüchtiger Bruder, so wie die Güter, auch diesen Stammsitz an sich gerissen, jener Bösewicht, der mich durch seinen Genossen Arnstedt einer Verschwörung verdächtigen und ins Gefängnis werfen ließ. Was mag aus Adelen geworden sein? Hat sie den Tod ihrer Mutter überlebt? Ist sie in ihres bösen Oheims Gewalt? Nur eine Person kann und wird mir auf diese

8 Bühnenhintergrund.
9 Benutzbare, d. h. nicht bloß gemalte Dekoration.

Fragen Antwort geben, die Amme meiner Nichte Adele! In diesem Häuschen wohnt sie. *(Zeigt nach dem obbeschriebenen kleinen Hause im Vordergrunde rechts.)* Die gute Frau wird mich auch einige Zeit verbergen; als Flüchtling, von mächtigen Feinden bedroht und aller Hilfe entblößt, wüßte ich mir keinen anderen Zufluchtsort. Ich habe zu vorschnell auf die Nachricht von der lebensgefährlichen Krankheit des Ministers das gastfreie England verlassen. *(Hat sich der Haustür des kleinen Häuschens genähert und ergreift den Türklopfer.)* Soll ich –? *(Sich umsehend.)* Doch nein – noch ist es zu früh – der Lärm zu dieser ungewöhnlichen Zeit könnte die Nachbarn aufwecken. – Ich will lieber noch ein paar Stunden die Straßen auf und nieder gehen und den Anbruch des Tages erwarten. *(Hüllt sich fester in seinen Mantel und geht links durch den Hintergrund ab.)*

ZWEITE SZENE

Pfrim, dann Ignaz.

Pfrim *(tritt, wie Reichthal abgegangen, ebenfalls aus dem Hintergrunde links auf).* Da is schon wieder einer gangen, um die Zeit – ja, kommt denn die Lumperei[10] gar nicht ab?! Merkwürdig, um die Stunden, wo nie mehr a honetter[11] Mensch auf der Gassen is, begegn' ich alleweil noch Leut'. Wie oft sagt der Kellner zu mir: Geh' der Herr z' Haus, es is kein Mensch mehr da – den andern Tag erzählt mir nacher der Hausknecht, daß s' in der Fruh noch a paar hervor'kehrt hab'n unter die Tisch'. Es is auf gar nix mehr z' gehn. Alles Lug und Trug auf der Welt. *(Erblickt Ignaz, welcher auf einer steinernen Bank nächst dem Haustor des Palais im Hintergrunde schläft.)* Was is denn das? Da schlaft einer – ja, mancher Mensch find't halt durchaus nicht ins Bett. *(Es schlägt auf einem nahen Turme vier Uhr.)*

10 Etwa: Herumstreicherei.
11 (frz.) anständiger, ehrsamer.

Ignaz *(vom Glockenschlag aufgeweckt und sich nach und nach ermunternd)*. Was war denn das? – Vier Uhr hat's g'schlagen, is denn das möglich?

Pfrim. Ah ja, auf die Turmuhren kann man sich verlassen, die sind nicht so ungleich wie die Sackuhren[12] – heut' hat man s', morgen sind s' versetzt, da soll sich der Teufel richten danach.

Ignaz *(Pfrim näher betrachtend)*. Jetzt weiß ich wirklich nicht –

Pfrim. Woher wir uns bekannt sein? Ich weiß's schon, da drüben is ein Hecht[13], wo allerhand Hechten z'samm'-kommen.

Ignaz. Richtig, beim Hechten, da sprech' ich dann und wann ein, zwischen elfe und zwölfe.

Pfrim. Recht haben S', die Nacht is keines Menschen Freund, da muß man sich wohin flüchten, wo's lang Tag bleibt.

Ignaz *(sich streckend)*. Ach, ich bin wie zerschlagen. So viel' Stund' auf einer steinernen Bank liegen, is ka Spaß.

Pfrim. Da leget ich mich in Ernst schon lieber ins Bett. Übrigens, des Menschen Wille is sein Himmelreich –

Ignaz. Ja, will ich denn?

Pfrim. Ah, so? Sie *müssen*? Nacher is's freilich traurig.

Ignaz. Ich hab' einen verliebten Herrn, wegen dem ich immer so lang auf der Gassen bleiben muß.

Pfrim. Danken S' Gott! Wenn S' einmal a verliebte Frau haben werd'n, wegen der Sie zeitlich nach Haus müssen, nacher lamentieren S'! – Es war mir ein Vergnügen. Besuchen S' mich, sehn S' da, gleich das kleine Häuserl, da logier'[14] ich, beim Tag bin ich z' Haus. Guten Morgen, jetzt geh' ich schlafen. *(Geht rechts im Vordergrunde ab.)*

12 Taschenuhren.

13 Wortspiel mit dem Namen eines Wirtshauses und der Redensart für einen ›gerissenen und Schrecken erregenden Menschen‹.

14 (frz.) wohne.

DRITTE SZENE

Ignaz, dann Johann.

Ignaz *(allein).* Drei Wochen schlaf' ich da auf der steinernen Matratzen, das muß ein' Stein erbarmen; möcht' doch wissen, was das für ein Stein is, daß's ihn noch nicht erweicht.

Johann *(tritt bei Ignaz' letzten Worten von links aus dem Hintergrunde auf und schleicht sich vorsichtig näher).* Ein verdächtiger Mensch, bei unserm Palais? Das kommt mir nicht richtig vor.

Ignaz *(für sich, ohne Johann zu bemerken).* Das erleben wir schon noch, daß's einmal Tag wird, und mein Herr übersieht's.

Johann *(die Strickleiter bemerkend, welche an der linken Seite des Balkons herabhängt).* Eine Strickleiter – da muß einer hinaufg'stiegen sein, und der steht Schildwach' herunt'. Für den is keine Hilf', der verhaucht unter meiner Faust. *(Tritt ihm leise ganz nahe, indem er beide Hände, um ihn zu packen, erhebt.)*

Ignaz. Ich parier'[15] darauf, sie erwischen ihn einmal.

Johann *(plötzlich die Hände sinken lassend, in freundlichem Tone).* Was is das! Der Ignaz –? Meiner Seel', du bist es.

Ignaz. Der Johann – freilich bin ich's, Freund und Spezi!

Johann. Ein wahres Glück, daß du vorhin gered't hast mit dir selbst und daß ich dich an der Stimm' kennt hab', sonst pack' ich dich, und wenn ich einen bei der Gurgel fass', um ein Geständnis zu erpressen, der gibt g'wiß kein' Laut mehr von sich.

Ignaz. Bist du ein Bandit worden?

Johann. Das nicht, ich dien' nur bei ein' bösen Herrn, der aber gut zahlt.

Ignaz. Und packst die Leut' bei der Gurgel?

Johann. Nur die Verdächtigen – du, mir kommt da was nicht richtig vor.

15 (frz.) wette.

Ignaz. Was denn?
Johann. Die Strickleiter!
Ignaz. Die is grad der Beweis, daß alles schon richtig is.
Johann. Mit wem?
Ignaz. Mit der jungen Baronessin.
Johann. Mit der Nièce[16] von mein' Herrn?
Ignaz. Was, du bist ein Baron Strombergischer Bedienter? Bei dem Böswicht dienst du, der –?
Johann. Der den Baron Reichthal, der Baroness' ihr'n Onkel mütterlicherseits, in 's G'fängnis bracht hat, damit er als ihr Onkel väterlicherseits die Vormundschaft kriegt über sie; der sie zwingt, ins Kloster zu gehn, damit sie keine weltlichen Ansprüche mehr hat und er alle ihre Güter an sich reißen kann – das is schon ein kurioser Böswicht, aber zahlen tut er gut.
Ignaz. Mein Herr zahlt dich noch besser, wenn du auf seiner Seiten sein willst.
Johann. Na ja, deßtwegen red' ich ja schon herum. Und wer is's denn –?
Ignaz. Mein Herr? Seine G'streng[17] der Herr von Thurming.
Johann. Der Oberrichter?
Ignaz. Der is da droben bei eurer Baroness'. – Warum soll ein junger Oberrichter nicht verliebt sein? Sind's doch die alten auch!
Johann. Aber auf einer Strickleiter –
Ignaz. Mein Gott, er hat im G'schäft viel Umgang mit Dieb', diese Pfiff' und Kniff' lernt einer vom andern.
Johann. Und zu einer Himmelsbraut[18] –
Ignaz. Da kommt der Himmel schon zu spät, mein Herr is schon drei Wochen heimlich verheirat't mit ihr.
Johann. Hör' auf?! Du, ich muß mich einschmeicheln bei dein' Herrn, wir geb'n ihm jetzt ein Zeichen, daß es höchste Zeit is.

16 (frz.) Nichte.
17 Form der Anrede.
18 Mädchen, das für den Eintritt ins Kloster bestimmt ist.

Ignaz. Das hätt' ich schon lang gern getan, aber wie –? *(Das Haustor im Prospekt wird aufgesperrt.)*

Johann *(mit Schrecken).* Himmel und Erden! 's is zu spät – das Haustor geht auf – fahr ab[19] –

Ignaz. Und mein armer Herr hat kein Zeichen!

Johann. Fahr ab –!

Ignaz. »Sauve qui peut!«[20], sagt der Franzos –! *(Lauft links in den Hintergrund ab.)*

VIERTE SZENE

Stromberg, Johann.

Stromberg *(im Schlafrock, tritt aus dem Haustor, ein Büchsenspanner[21] leuchtet ihm vor).* Mit wem hast du hier gesprochen?

Johann. Ich?

Stromberg. Antworte, Pursche, mich täuschest du nicht.

Johann. Auf Ehr', ich kann schwören –

Stromberg. Lüge nicht, ich rate es dir, ich sah in diesem Augenblick einen Schatten nach jener Seite –

Johann. Da müßt' nur Euer Gnaden Ihr eigener Schatten beim Toraufsperren herausg'fallen sein.

Stromberg *(hat nach links gesehen und die Strickleiter erblickt).* Halt –! *(Zum Büchsenspanner.)* Leuchte hierher –! Tod und Hölle – eine Strickleiter – kein Zweifel mehr!

Johann *(für sich).* Jetzt bricht 's Donnerwetter los über mich.

Stromberg. Red' und Antwort, Schurke! *(Reißt dem Büchsenspanner den Hirschfänger[22] aus der Scheide.)* Wer ist ins Haus gedrungen? Sprich, oder ich durchbohre dich!

19 verschwinde.
20 »Rette sich, wer kann«; vielleicht auch Wortspiel mit falscher Aussprache.
21 Begleiter auf der Jagd, der das Gewehr schußbereit macht.
22 Kurzes, feststehendes Messer.

Johann. Gnädigster Herr, so wahr ich leb' –

Stromberg. Du bist des Todes.

Johann. Also – so wahr ich sterb', schwör' ich Euer Gnaden – ich weiß von nichts.

Stromberg. Wenn auch, heißt das Wache halten, wie ich dir befohlen?

Johann. Ich kann nur schwören –

Stromberg. Schweig, Elender! Hinein! Und weh dir, wenn du mit denen einverstanden bist, die mein Haus zu beschimpfen wagen.

Johann *(in das Haustor abgehend).* Ich gehorche und schwöre – *(Ab.)*

(Hier beginnt leise Musikbegleitung, welche diese und die beiden folgenden Szenen währt.)

Stromberg *(zum Büchsenspanner).* Näher mit dem Licht! *(Er steigt auf die steinerne Bank.)* Den Weg zur Flucht will ich ihm versperren, wenn er noch im Hause ist. *(Schneidet mit dem Hirschfänger die Strickleiter ab.)* So – der Rückzug wäre abgeschnitten. Fort! *(Geht mit dem Büchsenspanner ins Haustor ab.)*

FÜNFTE SZENE

Adele, Thurming.

(Man hört Lärm im Palais und sieht an einigen Fenstern Lichter hin und her gehen.)

Adele *(mit Thurming aus der Balkontüre tretend).* Sie kommen, hörst du, sie kommen – flieh, mein teurer Gatte, sie wollen dich ermorden!

Thurming *(welcher sich mit großer Hast in seinen Überrock hüllt und eine Samtmütze aufsetzt).* Fürchte nichts, Adele – *(Hat nach der Strickleiter gesucht.)* Himmel! Was ist das! Die Strickleiter fort –

Adele. O mein Gott! Was soll aus uns werden! Hörst du – sie kommen schon.

Thurming *(der schnell sich nach allen Seiten umgesehen).* Beruhige dich, teures Weib, ich bin gerettet.

Adele. Gerettet –?

Thurming. Aus dem andern Fenster dieses Erkers kann ich auf das Dach des nächsten Hauses steigen.

Adele. Himmel – *(Erschrickt.)*

Thurming. Auf dem Dache kann ich mich so lange festhalten, bis die Gefahr vorüber ist.

Adele. Aber dein Leben – wenn du herunterstürztest –

Thurming. Keine Sorge, deine Liebe wacht über mir. *(Sie rasch umarmend.)* Lebe wohl, mein Engel! *(Indem er in die Balkontüre zurückeilt.)* Lebe wohl!

Adele *(in größter Angst).* Gott schütze dich! *(Folgt ihm in die Balkontüre nach und macht sie zu. Adele und Thurming gehen mit dem Licht an das Eckfenster rechts, Thurming öffnet es.)*

(Die Musikbegleitung wird lauter, man sieht Thurming aus dem Fenster auf ein Giebeldach rechts klettern und auf demselben sich forthelfen, so daß er hinter einer vorspringenden Ecke bald verschwindet. Adele schließt das Fenster hinter ihm, der Lärm im Palais wird stärker, man sieht Lichter hin und her tragen. Nach einer Weile verschwinden die Lichter, und der Lärm verstummt. Die Musik endet.)

Verwandlung

Ärmliche Stube. In der Mitte der Rückwand ist das Fenster praktikabel; vor dem Fenster steht ein Tisch. Vom Fenster links im Prospekte ist die Eingangstüre. Eine Seitentüre führt rechts in eine Kammer.

SECHSTE SZENE

Pfrim, dann Eva.

Pfrim *(allein, erscheint durch die Hintergrundtüre in der Stube).* Jetzt wär' ich bald ein'duselt auf der Stiegen[23] – ja, da nutzt nix, wenn der Schlaf kommt, das is Natur, da muß man nicht ankämpfen dagegen. Und was is denn das? Mein Weib noch nicht bei der Arbeit, wenn ich nach Haus komm'?

Eva *(mit Licht aus der Seitenkammer tretend).* Na, bist einmal da?

Pfrim. Is das ein' Ordnung? Da können wir freilich auf kein' grünen Zweig kommen, wenn du um die Zeit noch schlafst.

Eva. Schieb nicht die Schuld auf mich, du trinkst z' viel.

Pfrim. Das tu' ich, um ein höh'res Wesen nicht zu disgustieren[24]. Hast du nie gehört, daß Kinder und Betrunkene einen eigenen Schutzeng'l haben? Kind bin ich schon lang' keins mehr, also muß ich trinken, um mir meinen Schutzengel nicht zu verscherzen.

Eva. Hör' auf! Immer nach Haus kommen, wenn's schon bald Tag wird!

Pfrim. So war's von jeher bei mir, und alte Gebräuche muß man ehren. Ich versprich dir keine Besserung; zu was? Du weißt ohnedem, daß alles Lug und Trug is auf der Welt. *(Geht in die Kammertüre ab.)*

Eva. Mit dem Mann hab' ich a wahres Kreuz. *(Folgt ihm.)*

23 Treppe.
24 Hier svw.: verstimmen (von frz. *dégoûter* ›verleiden, anwidern‹).

SIEBENTE SZENE

Wendelin (tritt während des Vorspiels zum folgenden Liede ein. Er ist ärmlich gekleidet).

Wendelin.

Lied

1.

Die Welt zu regier'n, is was Leichtes, auf Ehr',
Gut wär's, wenn 's Regier'n auf der Welt so leicht wär',
Der Himmel beherrscht ganz kommod[25] die Natur,
Sie macht keine Forderung, er g'steht ihr nix zua.
Der Himm'l hat keine Kammern[26], nur eine Hofstell'[27],
Seine Hofrät' sind Engeln, sein Spielberg[28] is d' Höll';
Zu Olims[29] Zeit hat's Umwälzung geb'n, jetzt geht's wie g'schmiert,
Seit sechstausend Jahr'n is d' ganze G'schicht' oktroyiert[30].
Die Natur b'steht zwar aus drei verschiedene Reich',
Doch wie leicht die z' regieren sind, das sieht man ja gleich.
's Mineralreich laßt alls mit sich machen und bleibt stumm,
's Pflanzenreich vegetiert nur, und d' Viecher sind dumm.
Doch das möcht' ich sehn, wenn d' Vernunft tät' erwachen
In diese drei Reich', was der Himmel tät' machen,
Wenn s' so kämen zum Himm'l, ihre Rechte begehr'n,

25 (frz.) bequem.
26 Versammlungen der Volksvertreter, der Stände in verfassungsmäßigen Staaten.
27 Oberste Hofbehörde.
28 Schloßberg in Brünn mit Festung; bis 1855 Staatsgefängnis für Opfer des Metternichschen Systems.
29 Von lat. *olim* ›einst‹; als Eigenname redensartlich verwendet.
30 Anspielung auf die am 4. März 1849 oktroyierte »Reichsverfassung für das Kaiserthum Österreich«, die nie in Kraft trat und 1851 aufgehoben wurde.

Meiner Seel', 's müßt' dem Himmel höllenangst dabei
wer'n,
Meiner Seel', 's müßt' dem Himmel höllenangst dabei
wer'n.

2.

Wenn s' auf einmal sich z'samm'rotten täten, d' Metalle,
Und sag'n: »Gleichberechtigung wollen wir alle«,
's Kupfer jammert: »Die Papiersechs'rln[31] bringen mich
ins Grab,
Grosch'n und Kreuz'r reißt sich jeder von d'
Guld'nzetteln ab.«
Und dem Gold erzeigt d' Menschheit fast göttliche Ehr',
D' meisten Leut' geb'n ihr' Seel' drum als Agio[32] her.
Auch die Achtung vor 'n Silber tut sich täglich
vermehr'n,
Seit d' Zwanziger[33] unter d' Sagen der Vorzeit gehör'n.
Wenn die Weinstöck' klag'n kämen, was der Saft ihrer
Reb'n
Von d' Weinwirt' muß für a Behandlung erleb'n!
»Ich nähre die Menschheit«, könnt' sagen das Getreid',
»Und wie dreschen s' mich flegelhaft z'samm', diese
Leut'!«
Während d' Blumen glaub'n, das is Beschäftigung g'nug,
Wenn s' zu nix auf der Welt sind als bloß zum Geruch.
Wenn s' so alle sich täten beim Himmel beschwer'n,
Meiner Seel', 's müßt' dem Himmel höllenangst dabei
wer'n,
Meiner Seel', 's müßt' dem Himmel höllenangst dabei
wer'n.

31 Als Ersatz für Kupfermünzen zu 6 und 10 Kreuzern wurde 1849 Papiergeld eingeführt. – Handschrift: Banknoten.
32 (ital.) Aufgeld; Kurswert, der über dem Nennwert liegt.
33 Silbermünze.

3.

Wenn auf einmal das Tierreich so kummet zu gehn
Und tät auf seine ang'bor'nen Viehrechte b'stehn,
Wenn das Lamm fangt zu klag'n an: »Der Tiger und ich,
Wir sind jedes ein Vieh, warum frißt er denn mich?«
»Ein' Fiaker g'hör' ich, komm' fast gar in kein' Stall,
Und mein Bruder, das Roß, paradiert 's Jahr zweimal.«
Der Ochs sagt: »Sechs Tag' in der Woch'n nähr' ich d' Leut',
W'rum die Karpf' nur am Freitag? So ein Backfisch wär' g'scheit.«
»Wir Muli[34] hab'n gar a Existenz, a infami,
Last trag'n, solang wir leb'n, nach 'n Tod werd'n wir Salami.«
Die Gans sagt: »Ich soll abg'stochen wer'n, ich arm's Viech,
Wie viele leb'n prächti, und sind 's selbe wie ich.«
's derfen nur zehn g'scheite Viehrassen mach'n so a G'schra,
Die Eseln, die sag'n dann von selber: »I–a«,
Und als Sturmpetition[35] käm' zum Himm'l ihr Begehr'n,
Meiner Seel', 's müßt' dem Himmel höllenangst dabei wer'n,
Meiner Seel', 's müßt' dem Himmel höllenangst dabei wer'n.

So verfolgt mich mein Schicksal, daß ich nur in der Nacht ausgeh', den ganzen Tag versteck' ich mich z' Haus, nicht vorm Schicksal, das find't ein' zu jeder Stund'. Aber der weltliche Arm soll mich nicht ergreifen; von ihm Versorgung anzunehmen, da schau' ich doch noch lieber, daß ich

34 (österr.) Maultier. – Handschrift: Maultier.
35 Am 15. Mai 1848 erzwang eine vom »Politischen Zentralkomitee« geleitete »Sturmpetition« die Zurücknahme der Verfassung vom 25. April, Änderung des Wahlrechts und Anerkennung des sich konstituierenden Reichstages.

mir manchmal bei der Nacht a paar Groschen verdien'. Beim Tag schlaf' ich nacher, daß mir der Hunger vergeht, so leb' ich recht billig. Mein' arme Mutter wart't g'wiß schon auf mich. Ich sollt' eigentlich bös sein auf sie, weil sie mich geboren hat; mein Gott, sie hat's gut g'meint; daß 's schlecht ausg'fallen is, das g'hört auf a ander's Blatt. Ich hätt' sollen gar nie in d' Wirklichkeit kommen; solang ich noch ein Traum meines Vaters, eine Idee meiner Mutter war, da kann ich recht eine charmante Idee gewesen sein; aber so viele herrliche Ideen haben das, wenn s' ins Leben treten, wachsen sie sich miserabel aus.

ACHTE SZENE

Der Vorige; Eva.

Eva *(tritt aus der Kammertüre).* Mein Mann schlaft, wenn nur das arme Bübel schon z' Haus wär', 's kommt a Wetter, ich g'spür's in die Glieder, und mein Sohnerl noch auf der Gassen.

Wendelin. Nein, z' Haus is er und wünscht seiner Frau Mutter ein' guten Morgen.

Eva. Mein Sohnerl –!

Wendelin. Aber d' Frau Mutter hätt' nicht so zeitlich aufstehn soll'n, wir hab'n nichts zu verwerfen, und a Stund' Elend mehr verschlafen, is ja ein offenbarer Profit, den der Arme nicht so in Wind schlagen soll.

Eva. Hast was verdient heut' nacht, daß ich dir a Fruhstuck machen kann?

Wendelin. Nix, gar nix!

Eva. Das is ja schrecklich, ich hab' jetzt ka Fruhstuck für dich.

Wendelin. Das wär 's Geringste, ich wollt' lieber, daß ich für d' Frau Mutter a Mittagmahl hätt'.

Eva. Ja, hast denn gar ka Arbeit kriegt?

Wendelin. Keine. Der Gasbeleuchter, für den ich immer

auslöschen geh', der hat sich mit sein' Weib zerkriegt, der is froh, wenn er ausgehn kann bei der Nacht, und der alte Kapitalist[36], den ich immer um zwei Uhr hamg'führt und auf d' Stieg'n hinauf'tragen hab' mitsamt sein' Rausch, der hat a jung's Madl g'heirat't und geht immer schon um achte nach Haus. Mit ein' Wort: Die Geschäfte stocken.

Eva. Wenn ich den Gnadengehalt[37] von der verstorbenen Baronin noch hätt', aber auch den hat ihr abscheulicher Schwager g'strichen.

Wendelin. Oh, der treibt die Unglücklichmacherei schon ins Große, und so ein Mensch schwimmt in Millionen. Meiner Seel', ich halt' schon auf die andre Welt auch nix mehr.

Eva. Frevel nit, Sohnerl, die andre Welt is ja die bess're Welt.

Wendelin. Mein Gott, sie kann zehnmal besser sein, und 's is erst noch nicht viel dran.

Eva. Schau, Buberl, du kannst niemandem die Schuld geben als dir selbst. Daß du den Platz in der Fabrik auf'geben hast, um in ein' Staatsgefängnis G'fangenwarterg'hilf' zu werd'n, das war kein guter Gedanken.

Wendelin. Glaubt die Frau Mutter?

Eva. Daß du von dem neuen Posten – mußt nit harb[38] sein, Sohnerl – als wie ein Vagabund davon'gangen bist, das war noch ein schlechterer.

Wendelin. Wenn d' Frau Mutter wüßt'! *(Sich selbst zum Stillschweigen mahnend.)* Aber nein – auch a Frau Mutter braucht nit alles z' wissen.

Eva. Glaubst du, daß ich noch a Aufklärung brauch'? Du bist in meiner jungen Baroneß ihre Kammerjungfer verliebt, in die spröde Mamsell Rosalie. In ihrer Näh' war dir 's Herz zu schwer, drum bist fort; in der Entfernung war dir 's Herz noch schwerer, drum bist wieder da.

Wendelin. Frau Mutter, ich red' nit gern, drum lass' ich d'

36 Jemand, der von seinem Kapital leben kann.
37 Während einer bestimmten Zeit aus Wohlwollen gezahlter Lohn.
38 böse, zornig.

Frau Mutter reden; wenn aber d' Frau Mutter so red't, nacher – ich bin verliebt, wahnsinnig verliebt, ja, aber daß ich à conto meiner Lieb' Ihnen noch mehr Kummer machet, als S' ohnedem schon haben – das G'schäft existiert nicht.

Eva. Ja, aber so sag' nur –

Wendelin. Ja, jetzt muß ich freilich allerhand sagen, also hör' mich d' Frau Mutter an! Ich bin darum ein G'fangenwarterg'hilf' worden, weil unser Wohltäter, der brave, edle Baron Reichthal, ein Gefangener war und vergebens auf Hilf' g'wart't hat; und nur deßtwegen bin ich jetzt ein scheinbar verbrecherisch Durchgegangener, weil unser Wohltäter durch meine Hilf' ein glücklich Durchgekommener is.

Eva. Is's möglich! Das hast du getan –?! O du mein Kind, mein Wendelin, mein Engelsbuberl! Also er is frei, der Baron? – Frei –?

Wendelin. Frei, wie der Vogel in der Luft; ich hör', er is vogelfrei[39].

Eva. Und das sagst du mir jetzt erst?

Wendelin. Seine letzten Worte, eh' ich ihn über die Mauer hinunter'lassen hab', waren: »Ich fliehe nach England, doch schweig gegen jedermann.« Jetzt, wenn ich schon keinem Mann was sagen soll, so wird er g'wiß nicht woll'n, daß ich's einer alten Frau erzähl'.

Eva. Hör' auf und schau her, was deine Verschwiegenheit für a Unheil hätt' anrichten können; ich hab' da so wichtige Schriften für ihn. *(Öffnet einen Schrank.)*

Wendelin. Von wem?

Eva. Von der verstorbenen Baronin, mit ihrer letzten Kraft hat sie s' g'schrieben, an dem fürchterlichen Tag –

Wendelin. Was nutzt das?!

Eva. Sie hat mit Bestimmtheit drauf g'hofft, daß ihr Bruder frei werden muß, und dann hätt' ich ihm s' übergeben

39 ohne Rechtsschutz, geächtet.

sollen; jetzt is er frei, jetzt müssen s' ihm nachg'schickt werden, an der Stell'! *(Hat ein versiegeltes Paket aus dem Schrank genommen.)*

Wendelin. Ich wüßt' keine andre Adreß drauf z' schreiben, als: an einen unter falschem Namen in England Verborgenen, abzugeben in Großbritannien, wahrscheinlich in ein' klein' Haus – und da parier' ich, der englische Briefträger find't ihn nicht. Aber wie kommt denn die Frau Mutter dazu –?

NEUNTE SZENE

Die Vorigen; Pfrim.

Pfrim *(in zerrissenem Schlafrock aus der Kammertüre tretend).* Was is denn das für a Remissori[40]? Könnts nit still reden miteinand'?

Eva. Is denn a klein's Kind in der Näh'?

Pfrim. Ein alter Vater is da, der is über ein' Kind, ein ehrwürdiger Greis, der sehr viel auszuschlafen hat.

Wendelin. D' Frau Mutter hat mir grad woll'n die G'schicht' erzählen von die Schriften.

Eva *(zu Wendelin).* Der Vater weiß ja nix.

Pfrim. Was für Schriften?

Eva. Die selige Baronin hat mir in ihrer letzten Stund' –

Pfrim. Obs d' aufhörst!? So a verstorb'ne Totenbetthistori, wo man sich ohnedem vor Jammer nit auskennt!

Eva *(will das Paket wieder in den Schrank legen).* Na, i heb's schon wieder auf.

Pfrim. Daß wir auf d' Letzt' noch in a Verantwortung kommen – her mit der Schreiberei, ich verbrenn' s'. *(Ein Blitz erhellt die Bühne.)*

Eva *(entrüstet).* Was?

Pfrim. Blitzt hat's – sixt es, der Himmel selber sagt: »Verbrennen!«

40 Lärmende Unterhaltung.

Wendelin *(seiner Mutter das Paket aus der Hand nehmend).* Die Schriften steck' ich zu mir. *(Steckt sie in die Brusttasche seiner Jacke.)*

Pfrim. Du unterstehst dich –?

Wendelin. Die Verantwortung soll niemanden treffen als mich.

Pfrim. Was? Die himmlischen Mächte und ein ehrwürdiger Greis sagen: »Verbrennen!«, und so ein Bub' will ankämpfen dageg'n? So ein –

Eva *(zu Pfrim).* Schimpf' nit! Er is ein Sohn, auf den du stolz sein sollst.

Pfrim. Hat er a Geld?

Eva. Er hat sich aufgeopfert aus Edelmut –

Wendelin. Das is z'viel g'sagt, Frau Mutter. *(Zu Pfrim.)* Ich bin ein rechtschaffner Kerl, weiter nix – und das allein is schon g'nug, um kein Glück z' hab'n auf der Welt.

Eva. Buberl, frevel nit! *(Es blitzt.)* Sixt es,[41] der Blitzer geht dich an.

Pfrim. Laß ihn gehn, jetzt hat er mir aus der Seel' gesprochen. *(Zu Wendelin.)* Du hast recht, ich seh's an mir; ich wär' vielleicht der ordentlichste Mann, den 's gibt, wenn die Verhältnisse danach wären. Bei einem andern kann man sagen, es is Lumperei, bei mir is es Bestimmung, daß ich immer in eine schiefe Stellung komm'. Glaub' mir, Sohn, wir sind alle zwei zu edel für diese Welt.

Wendelin. Die Vorsehung hat mit die Reichen, mit die Glücklichen zu viel zu tun, für die Armen bleibt ihr ka Zeit. Nur anschaun den da drüben *(gegen das Palais deutend)*, der der Frau Mutter ihr' kleine Pension g'stohlen hat, wie dem alles geht nach Wunsch, während wir Hunger leiden –

Pfrim. Und ich meinen Durst kaum zur Hälfte stillen kann.

Wendelin. Und so geht's durch die Bank[42]! Ich frag': Warum tragt der Stromberg Goldstickerei auf'n Frack,

41 Siehst (du) es.
42 Redensart: ohne Ausnahme.

während er Eisenschmiederei um die Pantalon[43] verdient? Warum sitzt der reiche Wucherer in der Equipagi[44], während seine Opfer hinter der Scheibtruhen[45] gehn? Warum kleid't die reiche Hundsmutter ihre Lieblinge in atlaswattierte[46] Schabrakerln[47], während die arme Menschenmutter für ihre Kinder nix anz'legen hat? Warum kriegt der brave Mann Hörndln[48], während sich um den Lüftigen[49] 's treue Weib z' Tod kränkt z' Haus? Warum – zu was viel reden – man sieht's zu deutlich, die Vorsehung hat abg'wirtschaft't, der böse Feind hat ihr 's Neujahr abg'wonnen auf der Welt.[50] *(Es blitzt wie früher.)*

Eva. Sohnerl – 's blitzt –

Pfrim. Recht hat er, der Weltlauf is rein des Teu – *(Man vernimmt einen Donnerschlag, Pfrim schweigt erschrocken still.)*

Wendelin. Nur heraus damit! »Des Teufels!« hat der Vater sagen wollen – und darum muß man selbst des Teufels sein, sonst hat man offenbar den Weltlauf gegen sich.

Eva. Aber, Wenderl –! Dir muß wer ein' Wein zahlt hab'n?

Wendelin *(ohne auf sie zu hören, mit sich steigernder Aufregung fortfahrend).* Der Teufel is überhaupt nicht das Schlechteste, ich lass' mich lieber mit ihm als mit manchem Menschen ein. Er ehrt das Alter, seine Großmutter steht hoch in Ansehn bei ihm, das is halt a schöner Charakterzug. Er halt't auf 'n Handschlag, man sieht's, daß er viel mit die Ritter z' tun hat g'habt, er erfüllt seine Verträge weit prompter als manch irdischer Schmutzian. Freilich nacher am Verfallstag, da kommt er auch auf d' Minuten, Schlag zwölfe, holt sich sein' Seel' und geht wieder schön

43 (frz.) Hose.
44 (frz.) elegante Kutsche.
45 Schubkarre.
46 Mit Seide gefüttert.
47 Deckchen.
48 Redensart: *jemandem Hörner aufsetzen* ›betrügen‹.
49 Leichtsinnigen, Flatterhaften.
50 Redensart: einem die Überlegenheit zeigen.

orndtlich nach Haus in seine Höll'; 's is halt ein G'schäftsmann, wie sich's g'hört.

Pfrim. Ich bin schon zu alt, bei mir rentiert sich eine Teufelsverschreibung nicht mehr, aber wenn ich so jung wär' wie du – meiner Seel', ich weiß nit, was ich tät mit meiner Seel'.

Eva *(böse zu Pfrim).* Na, sei so gut, red' ihm noch zu!

Wendelin. Da braucht's ka Zureden; wann ich nur g'wiß wüßt', ob's ein' gibt und wie man ihn ruft.

Pfrim. Daß es einen gibt, einen Teu – *(Es donnert stärker.)* Das dumme Donnern schreckt ein' 's Wort von Maul ab.

Wendelin. Der Vater will sagen, daß es einen Teufel gibt –

Pfrim. Sixt es, dir laßt's 'n prächtig heraus; ja, die Jugend –

Wendelin. Fürcht't sich vor 'n Teufel nicht; es gibt ein', es muß ein' geben!

Pfrim. Mein' Großvatern sein Bruder war a Kornwucherer, dem is er erschienen, auswendig schwarz, inwendig rot, mit ein' roten Beutel voll Gold.

Wendelin. Na, da wird er sich doch nicht g'spreizt haben?

Pfrim. Der Wucherer nicht, aber der Teufel hat nicht an'bissen, er hat g'sagt: Den krieg' ich a so!

Wendelin. Das is halt wieder a Zug, der mir g'fallt.

Pfrim. Ich selber hab' ihn nie persönlich g'sehn, aber nächtlichs Remissori hab' ich g'nug erlebt. Wie wir noch auf 'n Dorf waren, da war 's Wirtshaus ent[51] am Wald; wenn ich da um Mitternacht nach Haus gangen bin – du, das is schauerlich, wenn die Bäum' zum Tanzen anfangen.

Wendelin. Das hat mir der alte Martin, der Wildschütz, oft erzählt.

Eva. Aus dem hat 's ganze Jahr der Branntwein g'red't –

Wendelin. Das soll gräßlich sein, wenn so a alter windschelcher[52] Felberbaum[53] a junge schlanke Tannen um die Mitten nimmt, wenn sich siebzigjährige Buchen um einen

51 drüben.
52 windschiefer, verdrehter.
53 Weide.

aufg'schoss'nen Pappelbaum raufen, wenn die hohlen Bäum' Neuigkeiten erzählen und die Kienstöck[54] stolz auf und ab spazieren.

Pfrim. Da war ich oft mitten drunter, so daß die Felsen die Köpf' beutelt[55] haben, wenn ich vorbei'gangen bin.

Eva. Mann, du bist schrecklich.

Pfrim. Merkst du das jetzt erst? Es war eine Zeit, *(bramarbasierend[56])* wo ich den lebendigen Teu – *(es donnert sehr stark, Pfrim erschrickt und spricht etwas kleinlaut)* die Donnerei fangt schon völlig an, entrisch[57] z' werd'n. Ich brennet ab,[58] wenn ich 'n rufen müßt' –

Wendelin *(in größter Aufregung und Begeisterung).* Und wenn 's Firmament ein' Sprung kriegt, ich schrei' durch alle tausend Donner durch –

Eva *(zitternd).* Wendelin – Sohn –!

Wendelin *(ohne auf sie zu hören).* Satan, Teufel, Mephisto, böser Feind, Luzifer, Beelzebub – ich glaub', ich hab' keinen von seine Titeln vergessen – erschein'! Erschein'!! Erschein'!!! *(Es ertönt ein furchtbarer Donnerschlag, der Sturmwind reißt das Fenster auf, daß die Scherben klirrend zu Boden fallen.)*

Eva und Pfrim *(überlaut aufschreiend).* Ah – !!! *(Verhüllen sich in größter Angst das Gesicht und laufen in die Kammertüre ab.)*

(Mit dem Donnerschlag ist Musik im Orchester eingetreten, welche die folgende Szene charakteristisch begleitet.)

54 Baumstümpfe der Kiefer.
55 Sich die Haare gerauft.
56 prahlend, großsprecherisch.
57 unheimlich, schaurig.
58 Ich fiele durch.

ZEHNTE SZENE

Wendelin, Thurming.

Thurming *(schwingt sich von außen wie von einem höhern Dachabhang herab, so daß er auf die Fensterbrüstung zu stehen kommt, und steigt mit einem Fuß auf den am Fenster stehenden Tisch, wo er einen Augenblick innehält, um die Wohnung zu übersehen. Er hat, so wie er früher aus dem Fenster stieg, einen schwarzen Paletot*[59] *mit hellrotem, etwas schwarz kariertem Futter an und eine schwarze Samtmütze auf).*

Wendelin *(prallt erschrocken gegen die Seitenwand links).*

Thurming *(für sich).* Was hilft's? – Ich muß es wagen auf gut Glück. *(Springt von der Fensterbrüstung herab ins Zimmer.)* Die Blitze blenden das Auge, kaum konnte ich mehr auf dem schlüpfrigen Dache mich erhalten. *(Laut zu Wendelin.)* Fürchte nichts, ich komme als Freund – hier nimm, um meine ungewöhnliche Erscheinung zu entschuldigen! *(Zieht eine aus roter Seide genetzte Börse aus der Tasche.)* Es sind dreißig Dukaten darin, sie sind dein – *(legt die Börse auf den Tisch)* aber *(für sich)* Strombergs Aufpasser lauern ohne Zweifel an jeder Straßenecke – *(zu Wendelin)* du mußt deine Jacke und deinen Hut mit meiner Mütze und meinem Überrock vertauschen und mich aus dem Hause auf die Straße lassen. *(Nähert sich dem vor Erstaunen starr und sprachlos dastehenden Wendelin und zieht ihm die Jacke aus.)*

Wendelin *(der alles willenlos geschehen läßt, lallt wie im Traum die Worte).* Mein Janker – mein Hut – die Kappen – der Überrock – das Gold –!

Thurming. Gehört alles dir, der Handel ist geschlossen.

Wendelin *(tief aufatmend).* Der Handel ist geschlossen.

Thurming. Es gilt das irdische Glück –

Wendelin. Aha! – *(Hört weiter nicht auf ihn, indem er sich in Betrachtungen vertieft.)*

59 (frz.) dreiviertellanger Mantel.

Thurming. Weit mehr – *(beiseite)* die arme Adele würde in Verzweiflung enden – *(laut)* es gilt –

Wendelin *(mit äußerster Beklommenheit).* Der Preis –?

Thurming *(ohne auf dieses Wort gehört zu haben, seine Rede ergänzend).* Das Seelenheil eines Menschen. *(Es blitzt.)*

Wendelin *(in sich selbst zusammenknickend, mit fast tonloser Stimme).* Is's möglich – ich verkauf' meine Seel' –!? *(Sinkt in den neben dem Tische stehenden Stuhl.)*

Thurming *(der inzwischen seinen Überrock und seine Kappe auf den Tisch gelegt und Wendelins Jacke angezogen und dessen Hut aufgesetzt hat).* Von nun an hast du einen treuen Freund an mir. *(Auf die Mitteltüre zeigend.)* Dies ist der Ausgang, nicht wahr? – Denke meiner und vergiß nicht, daß du mich dir auf ewig verbunden hast! *(Hält ihm die Hand hin.)*

Wendelin *(läßt willenlos seine Hand in Thurmings dargebotene Rechte sinken).* Verbunden –

Thurming. Auf Wiedersehn! *(Geht durch die Mitteltüre ab.)*

(Das Gewitter hat während dieser Szene nachgelassen und gegen Ende derselben ganz aufgehört. Die Orchesterbegleitung endet hier.)

ELFTE SZENE

Wendelin.

Wendelin. Was war denn das –? A Traum, nix anders als a Traum – wenn ich mich nur ermuntern könnt'! Ich lieg' in Bett – nicht wahr? Diese Hitz' –! Na freilich, ich bin wieder zu'deckt bis über d' Ohren. *(Er schüttelt sich wie im Fieber.)* Und jetzt – die schauerliche Kälten auf einmal – ich hab' wieder mein' Decken hinunterg'strampft. – Ich muß mich recht hin und her werfen, da wacht man auf oder man fallt aus 'n Bett, da wacht man auch auf. *(Bewegt sich im Sitzen, wie einer, der im Bette liegt und in unruhigem Schlafe um sich schlägt, und schleudert auf diese Weise die auf dem Tische liegende Geldbörse zur Erde.)* Ha! Was war das –!? Das Gold – *(Hebt die Börse auf und klimpert damit an seinem Ohr.)* Nix mehr Traum – *(vollends zur Besinnung kommend)* Wirklichkeit – entsetzliche Wirklichkeit – der Teufel war da! *(Läßt die Börse auf den Tisch fallen und bleibt, darauf hinstarrend, unbeweglich stehn.)* Und dieser satanische Glanz! – 's Silber glanzt auch – aber eigentlich blenden tut doch nur 's Gold. *(Indem er die Dukaten aus der Börse auf den Tisch rollen läßt.)* Roll' nur heraus aus dem teuflischen Beutel, du reines Erzeugnis aus Höllisch-Kalifornien[60]. *(Nimmt einen Dukaten und läßt ihn sogleich wieder fallen.)* Heiß –!! Als wie Schwefelglut –! *(Den Rock, welchen ihm Thurming zurückließ, befühlend.)* Auch dieses Unterfutter hat so eine kuriose Wärme – infernalisches Fabrikat! Ich hab' eine Frau kennt, die war eine Furie[61], die hat grad so ein' Wickler[62] getrag'n. Alles stimmt überein, ich gehör' dem Teufel zu.

ZWÖLFTE SZENE

Der Vorige; Pfrim, Eva.

Pfrim *(aus der Kammertüre tretend und in selbe zurücksprechend).* Na, wenn ich dir's sag', er is allein.

Wendelin *(erschöpft und kleinlaut).* Is schon fort, die Visit'[63].

Eva *(aus der Kammertüre kommend).* Ja, Sohnerl? Hast 'n verscheucht durch ein Stoßgebet?

Wendelin. Da nutzt ein ganzer Stoß Gebeter nix.

60 1848 wurden in Kalifornien Goldfelder entdeckt.
61 Griechische Rachegöttin.
62 Mantelähnliches Umhängetuch, Schal.
63 Besuch.

Eva *(aufschreiend)*. Entsetzlich, du hast –?!
Pfrim. Hat ihm schon?
Wendelin *(dumpf)*. Hat ihm schon!
Eva *(jammernd)*. Ich stirb! Mein Sohn in die Krallen des Bösen!!
Pfrim. Ruhig, das geht nicht so g'schwind. *(Zu Wendelin.)* Auf wie lang' hast den Kontrakt?
Wendelin. Das weiß ich nicht; dort liegt 's Drangeld[64]. *(Es wird an der Mitteltüre geklopft.)*
Eva. Ah! Der Gottseibeiuns –! *(Lauft in die Kammer ab.)*
Wendelin. Herein!

DREIZEHNTE SZENE

Reichthal, Pfrim, Wendelin.

Reichthal *(zur Mitteltüre eintretend)*. Wendelin! *(Zu Pfrim.)* Guter Alter –! Erkennt Ihr mich?!
Wendelin *(mit freudigem Staunen)*. Unser Wohltäter –!
Pfrim. Der gnädige Herr Baron –!?
Wendelin. Die Freud', das hab' ich mir nicht erwart't.
Reichthal. Und doch ist nichts Freudiges in meinem Wiedererscheinen, es war ein voreiliger Schritt, noch gibt es hier keine Hoffnung für mich! Ich irre hilflos umher, und hätt' ich euch nicht, gute Leute, ich müßte mich meinen Feinden in die Hände liefern, um nicht Hungers zu sterben.
Pfrim. So ein guter Baron hat nix zu essen.
Wendelin. Während der böse Baron sich gut g'schehn laßt.
Pfrim. Der Güterrauber! Das wissen Sie noch gar nicht, auch meiner Alten ihr' Ammel-Pension[65] hat er eingezogen.
Reichthal. Wie?

64 Anzahlung.
65 Vgl. Anm. 37.

Pfrim. So weit is es gekommen, daß ich dann und wann völlig arbeiten muß.

Reichthal. Nein, wenn ihr selbst darbt, liebe Freunde, dann kann ich euch nicht zur Last fallen.

Wendelin. Ah, der Herr Baron haben sich schon an die rechten gewendet –! *(Auf das auf dem Tisch liegende Geld zeigend.)* Da schaun S' her –!

Reichthal. Was ist das –? Eine solche Summe in euren Händen –? Eben war aber noch von tiefem Elend die Rede.

Wendelin. Is alles wahr g'wesen vor fünf Minuten; aber was is seitdem alls g'schehn! Auf Erden stolziert jetzt ein Geldmensch mehr herum, dafür is an alle himmlischen Straßeneck' eine verlorne Seel' ang'schlag'n.

Reichthal. Wendelin –! Wo hast du das Geld her?

Wendelin. Ich bin ein entsetzlicher Handelsmann, ich hab' ein schauderhaft's G'schäft abg'schlossen. – Sie brauchen sich deßtwegen nicht zu scheuchen vor mir; was ich verkauft hab', war mein Eigentum, und jetzt wollen wir brüderlich teilen miteinand'.

Reichthal. Ich begreife dich nicht –

Pfrim. Das wichtigste beim Gold is aber immer, daß man probiert, ob's echt is. Gold aus solchen Händen hat sich schon oft in Steiner und Kohlen verwandelt. Bei die Dukaten is das die beste Prob' *(indem er einen vom Tische nimmt)*, man geht damit ins Wirtshaus. Geben s' einem ordentlich drauf heraus, dann war der Dukaten echt. *(Zu Wendelin.)* Diese Sorge kannst du ganz deinem Vater überlassen. *(Geht zur Mitte ab.)*

Reichthal *(zu Wendelin)*. Ehrlicher Handel, verlorenes Seelenheil, wie reimt sich das –?

Wendelin *(die Kammertüre öffnend)*. Da schaun S', mein' Frau Mutter bet't für mich – zu spät, wenn die Kuh einmal aus' n Stall is[66] –!

Reichthal. Er scheint geistesverwirrt.

66 Redensart: wenn es zu spät ist.

Wendelin. Gehn S' zu der Frau Mutter!

Reichthal *(für sich).* Eh' ich die Gastfreundschaft dieser guten Leute annehme, muß ich wissen, was hier vorgefallen ist. *(Geht rechts durch die Seitentüre ab.)*

VIERZEHNTE SZENE

Wendelin.

Wendelin. Meinem Wohltäter will ich helfen, und der Frau Mutter mach' ich a Freud', ich kauf' jetzt ein, was gut und teuer is. Ich mach' ein' guten Gebrauch von sein' Geld, das wird ihn am meisten giften, den Beelzebuben! Mein G'wand hat er an, jetzt nehm' ich das seine. *(Indem er Thurmings zurückgelassenen Überrock anzieht und dessen Mütze aufsetzt.)* Man sagt, »das Kleid macht den Mann« – ich weiß nit, ich seh' hint' und vorn keinem Teufel gleich. So seelengute Seelen, wie die meinige, wird er noch nicht viel kriegt hab'n. *(Steckt die Börse mit einigen Dukaten zu sich.)* Ich glaub' immer, wenn er mich einmal holt, sie b'halten mich gar nicht in der Höll' – a bisserl Fegfeuer, das is's höchste, auf was ich's bringen kann. Und am End' – vielleicht war das Ganze doch nur ein Hirngespinst –!? Ich zweifle noch immer – na ja, warum soll ich denn nicht zweifeln, wenn's mir eine Erleichterung verschafft? Zweifeln kann man an allem, und unter zehnmal zweifelt man neunmal gewiß mit vollem Recht.

Lied

1.

Wie mein' Wirtschaft'rin, d' Nanny –
Sagt ein Alter – gibt's kani,
Mach' i ein' Huster, beim ersten
Kocht s' mir glei' g'rollte[67] Gersten,
Wann i auf d' Nacht ins Bett geh',

67 zerriebene.

Bringt s' mir a Schalerl ein' Tee,
Druckt's mi im Mag'n ung'stüm,
Raucht s' mir a Tuch auf mit Kümm[68].
Dreizehn Jahr' pflegt s' mich schon,
Diese brave Person,
Und hat gar nix davon,
Grad nur das bisserl Lohn.
Und mein' grausliche Sippschaft
Bild't sich ein, 's is a Liebschaft,
Und macht a Getös,
Und d' böse Welt is gar bös!
Sie können sich denken,
Wie das d' Nanny muß kränken.
Mich kränkt's auch, wegen mein' Ruf, in dem Punkt bin ich eig'n –
Na, da müssen ein' bescheidne Zweifel aufsteig'n.

2.

Ein' Gelehrten, ganz grau,
G'freut sein' lichtblonde[69] Frau,
Er sagt zu d' Leut': »Diese Gespansin[70]
Liebt mich fast bis zum Wahnsinn;
Da hat d' Verführung ka Macht,
Ich sitz' oft d' halbe Nacht
Auf 'm astronomischen Turm,
Entdeck' Fixstern' ein' Surm[71],
Derweil kennt sie sich z' Haus
Vor lauter Sehnsucht nicht aus,
Drum neckt s' mich dann oft,
Komm' ich früh'r unverhofft –
Da muß ich klopfen an der Tür
D' längste Zeit oft bei ihr –

68 Kümmel.
69 hellblonde.
70 Gemahlin.
71 Schwarm, Haufen.

Endli erscheint 's treue Weiberl
In einem g'schmackvollen Putzhäuberl,
Selbst d' Locken schön g'macht,
Das is viel bei der Nacht,
Mir zu Ehren in ein' Spitzen-Negligee[72], in ein' neug'n[73] –
Na, da müssen ein' bescheidne Zweifel aufsteig'n.

3.

In Europa, im gesamten –
So sagen die Beamten –
Wird's, weil der Kampf gar,
So ruhig wie vor zwei Jahr'.
Wie bescheiden beweisen
Sich jetzt schon die Preußen,[74]
Rom kriegt Konstitution[75]
Mit etwas Inquisition[76],
In Neapel[77] die Verwirrung
Weicht der guten Regierung,
Und was Wühler[78] nur heißt,
Nach Amerika[79] reist –
Doch in Frankreich steht d' junge
Republik noch am Sprunge,[80]

72 (frz.) Morgenkleid aus Spitzengewebe.
73 neuen.
74 In Preußen hatten die Wahlen für die zweite Kammer eine konservative Mehrheit ergeben.
75 Die am 6. Februar 1849 gegründete römische Republik war im Juli wieder gestürzt worden. Mit französischer Hilfe wurde die päpstliche Herrschaft wieder aufgerichtet.
76 (lat.) strenge Untersuchung; bis ins 18. Jh. Gericht der katholischen Kirche gegen Abtrünnige; hier Anspielung auf die Ereignisse von 1849, vgl. Anm. 75. – Handschrift: Aber gspürt nix davon.
77 In Neapel wurde das Parlament am 13. Februar 1849 aufgelöst und der Absolutismus wiederhergestellt.
78 Seit 1848 beliebtes Schlagwort, um Demokraten zu diffamieren.
79 Anspielung auf die Auswanderer aus politischen Motiven.
80 Anspielung auf den vergeblichen Versuch, 1849 die legitime Monarchie wieder einzuführen.

Holstein ist schon halb dänisch,[81]
England denkt muselmänisch[82],
In London d' Punschgläser klingen,
»God save the Sultan!« tun s' singen.
Wie das alls soll zur Pazifizierung[83] sich neig'n,
Na, da müssen ein' bescheidne Zweifel aufsteig'n.

4.

In der Zeitung schreib'n s' viel,
Allein glauben kann's, wer will.
Heut' schreib'n s', wirkliche drei König'[84]
Gift'n im Grab sich nicht wenig,
Weil s' parodiert werden jetzund
Durch 'n Dreikönigbund[85] –
Gleich drauf heißt's: »Deutschland wird
Ganz neu zentralisiert.«
Dann is wieder nix dran,
's wird Kongreß in Kagran[86],
Die deutsche Flotte[87] is hin,
Kommt auf der Spree nach Berlin.
Heut' superbe[88] Bilanzen,

81 Am 10. Juli 1849 schloß Preußen einen Waffenstillstand mit Dänemark, wonach Schleswig im Namen des Königs von Dänemark regiert werden sollte, während Holstein unter Statthalterschaft – durch das Frankfurter Parlament eingesetzt – bleiben sollte. – Handschrift: In Schleswig-Holstein kocht's Dänisch.
82 mohammedanisch; die Türkei war 1849 von der englischen Flotte unterstützt worden; sie weigerte sich, ungarische Flüchtlinge an Österreich auszuliefern.
83 (lat.) Befriedung.
84 Handschrift: d' heilige Drei König; »heilige« dann durch »wirkliche« ersetzt. In der Handschrift kommt Strophe 5 als 4.
85 Das Bündnis zwischen Preußen, Hannover und Sachsen (26. Mai 1849) zur Wiederherstellung von Ruhe und Ordnung wurde »Dreikönigsbündnis« genannt. Der ›kleindeutsche‹ Bundesstaat löste sich bereits nach einem halben Jahr durch den Austritt Hannovers und Sachsens wieder auf.
86 Kleiner Ort im Marchfeld, 9 km vom Zentrum Wiens, heute XXII. Bezirk.
87 Anspielung auf die von der Frankfurter Reichsregierung aufgestellte Flotte.
88 (frz.) prächtige.

Morgen g'schwächte Finanzen,[89]
Heut' machen s' viel Worte
Von der Ohnmacht der Pforte[90],
Gleich drauf schreib'n s' von der Massen
Der Truppen aller Klassen,
Wie dick in Widdin[91] sich die Türken schon zeig'n,
Na, da müssen ein' bescheidne Zweifel aufsteig'n.

5.

Einer schreit: »Freiheitspest,
I wollt', du hätt'st schon den Rest!
A Verfassung, freie Press',
Zu was braucht das Volk dös?[92]
Volksbewaffnung, zu was?
's Volk hat g'lebt ohne alles das,
Wenn ich könnt', so stürzt' ich
's ganze Jahr Achtundvierzig.
Leicht nur Atem ich schöpf',
Seh' ich Zöpf'[93] an die Köpf'
Und Zensur[94], die den Geist
Mit der Wurzel ausreißt –«
Vorigs Jahr hat derselbe
Räsoniert gegen 's Schwarzgelbe[95],

89 Handschrift: Sturz der Finanzen.
90 Gemeint ist das große Tor des kaiserlichen Palastes in Konstantinopel; steht pars pro toto für die Türkei.
91 Bulgarische Stadt an der Donau.
92 Anspielung auf die Forderungen der 48er Revolution.
93 Die Zopfperücke galt als Symbol absolutistischer Herrschaft.
94 Die unter Maria Theresia eingeführte Zensur wurde in der Metternich-Ära verschärft; vgl. Johann Nestroy, *Freiheit in Krähwinkel* I,14: »Ein Zensor is ein menschgewordener Bleistift oder ein bleistiftgewordener Mensch, ein fleischgewordener Strich über die Erzeugnisse des Geistes, ein Krokodil, das an den Ufern des Ideenstromes lagert und den darin schwimmenden Literaten die Köpf' abbeißt«.
95 Farben der österreichischen Monarchie. Handschrift: G'rad so g'schrien geg'n 's Schwarzgelbe.

Den Kalabreser[96] geschwungen,
's »deutsche Vaterland«[97] g'sungen
Und war rein Terrorismus
Gegen den Absolutismus[98].
Ist's denn Ernst, daß 'r jetzt gar so gut g'sinnt sich tut zeig'n? –
Na, da müssen ein' bescheidne Zweifel aufsteig'n.

Verwandlung

Dekoration wie im Anfang des Aktes.

Es ist Morgendämmerung.

FÜNFZEHNTE SZENE

Pfrim, Ignaz (treten von links aus dem Hintergrunde auf).

Ignaz. Ich gratulier' zum heimlichen Terno[99], oder was es g'wesen is –, aber auf Ehr', ich war ganz baff.

Pfrim. Der Wirt gar! Der hat noch ein dümmeres G'sicht g'macht als Sie. Wetten S' was, daß ich ihm jetzt zehn Gulden schuldig bleib', und er traut sich nix zu sag'n? Ja, ein' Dukaten wechseln lassen, das erweckt Respekt.

Ignaz. Kurios! *(Beiseite.)* Aber auch Verdacht! – Unser Herr is verschwunden – bei dem Proletarier kommt ein Dukaten zum Vorschein – *(bedenklich den Kopf schüttelnd)* hm –

Pfrim *(hat den Wein aus der Flasche gekostet).* Meiner Seel',

96 Breitrandiger Filzhut mit spitzem Kopf, galt als Zeichen der Revolutionäre.
97 Heinrich Hoffmann von Fallerslebens »Lied der Deutschen« (1841), Anfang der 3. Strophe: »Einigkeit und Recht und Freiheit für das deutsche Vaterland«, oder Ernst Moritz Arndts »Des Deutschen Vaterland« (1813).
98 Alleinherrschaft durch einen Monarchen, der Gesetzgeber, Gerichtsherr und Befehlshaber zugleich ist.
99 Treffer (in der Lotterie).

der Wirt hat mir statt ein' Achtundvierz'ger[100] a Maß Taler[101] eing'schenkt – das is ihm rein aus Hochachtung g'schehn.

Ignaz. Sie sind Schuster?

Pfrim. So sagt die Welt.

Ignaz. Haben vermutlich ein' unverhofften Engländer gedoppelt[102]?

Pfrim. Ah, Sie möchten gern wissen, wie ein ehrlicher Schuster zu ein' Dukaten kommt?

Ignaz. Na ja – auffallend is es – das heißt, interessant nämlich –

Pfrim. Als fremder Mensch geht's Ihnen eigentlich nix an; – aber nein, ich betrachte jeden, den ich im Wirtshaus find', als eine verwandte Seele. *(Ihm die Hand drückend.)* Sie sollen alles wissen!

Ignaz *(in neugieriger Spannung).* Na, also?

Pfrim. Sehn Sie, die Sach' is die. Es liegt hier eine Begebenheit zugrunde – eine im Grund' fürchterliche Begebenheit, die kein Mensch auf Erden je erfahren darf, folglich Sie auch nicht.

Ignaz. Ja, aber –

Pfrim. Drum zeigen Sie sich meines Vertrauens würdig und forschen Sie nicht weiter.

Ignaz *(nach rechts im Vordergrund in die Szene sehend).* Was is das –?! Meiner Seel' –! Nein, er is's nicht.

Pfrim *(ebenfalls hinsehend).* Na, freilich is er's, mein Sohn –

Ignaz *(für sich).* Das is unsern Herrn sein Anzug, wie er leibt und lebt.

Pfrim *(zu Ignaz geheimnisvoll).* Sehn Sie, der is eigentlich die Begebenheit, ich bin nur der Vater, aber er –

Ignaz *(beiseite).* Da is eine Untat g'schehn –

Pfrim. Was schaun S' denn so? Warum soll mein Sohn keinen schwarzen Rock anhab'n? Und daß er rot g'füttert is,

100 Weinjahrgang.
101 Teurer Wein.
102 besohlt.

das hat durchaus keinen republikanischen Grund.[103] Fahren Sie jetzt gefälligst ab, ich hab' mit meinem Sohn allein zu sprechen.

Ignaz *(indem er abgeht, für sich)*. Da ruf' ich an der Stell' meine Kam'raden z'samm'. *(Nach links ab.)*

SECHZEHNTE SZENE

Pfrim, Wendelin.

Pfrim. Wendelin, Bub'! Wie hast du dich z'samm'gestampert[104] –!? Ich hätt' dich bald nicht kennt.

Wendelin. Ja, ich wart' jetzt nur, bis 's ganz Tag wird, dann stell' ich mich so unter der Sali ihr Fenster – *(nimmt eine schmachtende Stellung an)* seufzen in dem G'wand, da muß die Wirkung ungeheuer sein. Ein Blick hernach von ihr, und ich bin im Himmel trotz dem Satanas.

Pfrim. Dir steht ja jetzt alles zu Gebot.

Wendelin. Weiß der Vater, ich hab' mir's jetzt überlegt: Zu ändern is es nicht mehr, also lassen wir uns gut g'schehn, was kreuzmöglich is, bis er mich holt mit Haut und Haar.

Pfrim. Freilich, und der letzte hat ja noch nicht g'schoben.[105] Wie oft is der Teufel schon prellt word'n.

Wendelin *(Hoffnung schöpfend)*. Vater, wenn wir das z'samm'brächten –!

Pfrim. Nix leichter als das. Auf zehn Jahr' schließt er meistens seine Kontrakt', da machen wir das Ding so: Neun Jahr' leben wir recht flott und fidel, und im zehnten Jahr gehen wir auf Rom,[106] nacher is der Teufel erst noch der G'foppte.

Wendelin. Ja, geht denn das? –

103 Schwarz-Rot-(Gold) war die Farbe der Revolution.
104 herausgeputzt, fein angezogen.
105 Redensart, vom Kegelspiel abgeleitet.
106 Um vom Teufelspakt erlöst zu werden.

Pfrim. In Rom geht alles. Also g'scheit sein!

Wendelin. Mir fallt ein halbeter Stein von Herzen.

Pfrim. Wie g'sagt: Neun Jahr' fidel leben und im zehnten Jahr Buße, das is das Wahre.

SIEBZEHNTE SZENE

Die Vorigen; Ignaz, zwei Bediente.

Ignaz *(zu seinen Kameraden, mit welchen er aus dem Hintergrunde links auftritt, auf Wendelin zeigend).* Sehts, Rauber, Dieb oder Mörder – eins von beiden muß er sein. *(Zieht sich nach dem Vordergrunde rechts.)*

Pfrim *(zu Wendelin, ohne Ignaz und die Bedienten zu bemerken).* Wenn du ihn sixt, mein' Respekt an 'n Spadifankerl[107]! *(Will rechts ab.)*

Ignaz *(zu Wendelin).* Entschuldigen –

Pfrim *(Ignaz bemerkend).* Jetzt is der noch da!

Ignaz *(zu Wendelin).* Kommt billig, so ein Rock – nicht wahr? *(Gibt seinen Kameraden einen Wink und spricht weiter zu Wendelin.)* So ein Negligee-Kappel[108] is auch nicht teuer?

Wendelin. Geht das wem was an? Ich hab' ein' Stichhandel[109] g'macht.

Ignaz *(zusammenschaudernd).* Stichhandl –!? *(Leise zu seinen Kameraden.)* Der hat unsern Herrn erstochen.

Wendelin *(bedenklich zu Pfrim).* Was sie nur kacheln[110] miteinand' –?

Ignaz *(zu Wendelin).* Sie gehn mit uns zum Herrn Oberrichter, Sie haben ein auffallendes Gewand.

Pfrim. Was wäre das –!?

Wendelin. Wär' mir nicht lieb! *(Beiseite.)* Gleich beim

107 Der kleinste der Teufel (Hügel).
108 Wohl eine zur Morgenkleidung passende Mütze (vgl. Anm. 72).
109 Tauschgeschäft.
110 reden.

ersten Ausgang ein Malheur, ein frisch dem Teufel verschriebener Mensch –!?

Ignaz. Angepackt! *(Er und seine Kameraden packen Wendelin.)*

Wendelin. Zu Hilf'! Was wär' denn das!? Glaubt denn der Teufel, ich hab' meine Seel' g'stohl'n?

Ignaz *(die Börse in Wendelins Tasche findend).* Den Geldbeutel hast du g'stohl'n, Rauber!

Pfrim. Wo bist du? Erschein'! *(Hält in einem Arm die Flasche und macht mit dem andern Beschwörungsgestikulationen.)* Böser Feind, zeig' dich als unser guter Freund! – Erschein' –!!

Ignaz *(zu ein paar Arbeitern, welche eben über die Straße gehen).* Helfts uns den Rauber transportieren!

Die Bedienten. Nur fort mit ihm! *(Wendelin wird gepackt.)*

Wendelin *(während er nach dem Hintergrunde geschleppt wird, wütend).* Wenn ich 'n jetzt da hätt', den Satanas –!

Pfrim *(ganz perplex).* Der Teufel kommt nicht –! Das is zum Teufelholen!!

(Im Orchester fällt Musik ein, während dem Tumult fällt der Vorhang.)

ZWEITER AKT

Eleganter Salon in Thurmings Hause. Mitteltüre. Nahe am Prospekt eine Seitentür links, eine rechts. Im Vordergrunde links der Eingang in ein Kabinett[1], *nur mit einem Vorhang statt der Türe versehen, im Vordergrunde rechts ebenso. Im Prospekte links ein Fenster, durch welches man annimmt, nach der Straße zu sehen. Es ist Morgen.*

ERSTE SZENE

Thurming (tritt durch die Seitentüre rechts ein und verschließt sie sorgfältig hinter sich).

Thurming. Es ist geglückt, unerkannt bin ich wieder in meinem Hause. Eigentlich dank' ich's diesem Schlüssel, der den geheimen Eingang öffnet *(indem er die Jacke, welche er von Wendelin eingetauscht, über eine Stuhllehne hängt)*, sonst würde mir selbst die Verkleidung in dieser Jacke wenig genützt haben. – Wie unheildrohend war diese Nacht! Die Ehre meiner Adele, wie die meine, stand auf dem Spiel. – Ein Oberrichter spaziert nächtlicherweile auf den Dächern herum –! Wenn ich entdeckt worden wäre –!? Sie hätten mich zum Oberrichter geführt – in mein Haus wäre ich jedenfalls zurückgekommen – *(lachend)* man hätte mich vor meinen eigenen Richterstuhl geschleppt! *(Er hat währenddem einen eleganten Schlafrock aus dem mit dem Vorhang versehenen Eingang links vorne genommen und angezogen, greift dann nach der Klingel auf dem nebenstehenden Tische und läutet.)* Von meinen Dienern darf außer Ignaz niemand ahnen, daß ich die Nacht außer dem Hause zugebracht.

1 (frz.) Nebenzimmer.

ZWEITE SZENE

Der Vorige; Gottfried.

Gottfried *(tritt durch die Mitte ein).*

Thurming. Ist schon jemand im Vorzimmer?

Gottfried. Ein armer alter Mann hat den Brief gebracht und bittet inständigst um die Gnad', vorgelassen zu werden.

Thurming. Gib! *(Den Brief nehmend und die Aufschrift besehend.)* Die Schrift ist mir bekannt. *(Liest.)* »Ein Unglücklicher, von mächtigen, hochgestellten Feinden bedroht, befindet sich in diesem Augenblick hier, wo er ohne Obdach umherirrt. Ohne Zweifel wird er bald erkannt und verhaftet werden –« *(Für sich.)* Allerdings zu befürchten. *(Liest weiter.)* »Er hat sich daher entschlossen, freiwillig vor dem Oberrichter zu erscheinen, indem er in dem Ritter von Thurming nicht ein blindes Werkzeug der Rache des Ministers zu finden hofft. Ein weißes Tuch in einem der Fenster Ihres Salons wird dem unglücklichen Verbannten den Augenblick andeuten, wann er erscheinen darf.« *(Für sich.)* Keine Unterschrift – *(Zu Gottfried.)* Wartet der alte Mann auf Antwort?

Gottfried. Ja, Euer Gnaden!

Thurming. Laß ihn herein! *(Nachdem der Bediente abgegangen, für sich.)* Wo ich nur diese Schriftzüge schon gesehen –

DRITTE SZENE

Pfrim, Thurming.

Pfrim *(tritt mit schüchterner, tiefer Verbeugung durch die Mitte ein).*

Thurming. Nur näher, guter Alter, fürchtet Euch nicht.

Pfrim. Es ist weniger Furcht als nur das ängstliche Zittern, Herzklopfen und Atemverlegen, was man gewöhnlich bei

Audienzen zu empfinden pflegt – *(Tief seufzend.)* O du mein Gott!

Thurming. Ihr seufzt? Habt Ihr Kummer?

Pfrim. O du mein Gott, wie's halt schon geht, ich bin Flickschuster, wenig Verdienst, und der ungeheure Einfluß, den die Zeitverhältnisse – alles schränkt sich ein, es ist nicht mehr das Leben –

Thurming. Das trifft alle, ich wünsche aber Euren besondern Kummer zu kennen.

Pfrim. Ich bin ein unglücklicher Vater, der sein Kind durch Lehren und gutes Beispiel –

Thurming. Habt Ihr mir diesen Brief gebracht?

Pfrim. Freilich, ich komm' grad als so desparater[2] nach Haus, nach dem Unglück mit mein' Sohn, und wie ich jetzt daher komm', seh' ich mein eigen Fleisch und Blut unten in Ketten.

Thurming. Aber der Brief –? Ihr müßt deutlicher sprechen.

Pfrim. Noch deutlicher? Ja – jetzt, den Namen kann ich doch nicht sagen.

Thurming. Das begreif' ich allerdings.

Pfrim. Denn Euer Gnaden sind wohl ein charmanter Mann; aber einer Gerichtsperson is halt doch nie recht z' traun, und dann können S' Ihnen wohl denken, um einen Unglücklichen auf freien Fuß werd' ich mich nicht so heiß annehmen als um einen Sohn in Ketten.

Thurming. Aber wie kommt denn Euer Sohn in Ketten?

Pfrim. Unschuldig, das heißt, er hat wohl ein Verbrechen begangen, ein großartiges Verbrechen –

Thurming. Unschuldig, und ein Verbrechen? Wie nehm' ich das?

Pfrim. Gar nicht; es is ein Verbrechen, was Ihnen nix angeht.

Thurming *(etwas schärfer).* Guter Freund –

2 (lat.) verzweifelter.

Pfrim. Nit bös' sein, ich mein' nur, Sie könnten Verdruß mit der Geistlichkeit kriegen.

Thurming. Was soll denn das wieder heißen?

Pfrim. Der weltliche Richter ist da gar keine Instanz, verstehn Sie mich? Er hat es nur aus Kindesliebe getan, verstehn Sie mich?

Thurming. Immer weniger.

Pfrim. Denn selbst das, daß mein Sohn durch'gangen is, verstehn Sie mich – das is das Alleredelste, denn sehn Sie, er kann keinen Wohltäter in Ketten sehn.

Thurming. Ich dachte, Sein Sohn sei in Ketten –

Pfrim. *Jetzt* der Sohn, aber dazumal war's der Wohltäter.

Thurming. Jetzt versteh' ich Ihn vollends gar nicht mehr.

VIERTE SZENE

Die Vorigen; Ignaz.

Ignaz *(zur Mitte eintretend).* Gott sei Dank, Euer Gnaden sind wieder da! Ich hab' schon glaubt – *(Macht die Pantomime des Erdolchens.)*

Thurming. So arg ist's diesmal nicht geworden.

Ignaz. Aber den Spitzbuben haben wir glücklich erwischt, der Ihnen ausg'raubt hat. Ihren rotseidenen Geldbeutel – Ihren Überrock – alles haben wir ihm wieder abgenommen.

Thurming. Was sagst du? Meine Börse, meinen Paletot?

Ignaz. Wir hab'n ihn vorläufig in Ketten gelegt, unten steht er im Gerichtszimmer.

Pfrim *(jammernd).* Das is mein Sohn!

Ignaz *(zu Pfrim).* Da können S' a Freud' haben.

Thurming *(lebhaft zu Ignaz).* Du sorgst dafür, daß ihm nicht das geringste zuleid geschieht.

Ignaz. Was? Hör' ich recht?

Thurming. Man soll ihn sogleich hierher führen – in einigen Minuten werd' ich ihn selbst verhören.

Ignaz *(zögernd).* Ah, jetzt kenn' ich mich schon a bissel aus – Euer Gnaden wollen weitere Spuren von der Rauberbande –

Thurming. Tue, was ich dir befehle, und behandle ihn mit der größten Aufmerksamkeit!

Ignaz *(geht durch die Mitte ab).*

FÜNFTE SZENE

Thurming, Pfrim.

Pfrim *(gerührt).* Ich küss' 's Kleid,[3] Euer Gnaden! Schaun S', mein Sohn is a guter Bub, und wann er in der andern Welt in die Höll' kommt, so parier' ich, es sitzt mancher im Himmel und laßt sich angeignen von die Engeln, der ihm nicht 's Wasser reicht.

Thurming *(für sich).* Was doch dieser Mann für verwirrtes Zeug –

Pfrim. Mich und mein' alte Eva hat er nicht Not leiden sehen können, und es wär' gewiß nie zu dem Schritt kommen, wenn uns der böse Baron Stromberg nicht den Strich g'macht hätt' durch die Ammel-Pension.

Thurming *(aufmerksam werdend).* Was sagt Ihr da? Amme – Stromberg – und der Name Eva –

Pfrim. So heißt die Meinige. Wenn Sie das Strombergsche Haus kennen, so muß Ihnen auch eine liebe Baroneß Adele bekannt sein.

Thurming. O ja! Nun?

Pfrim. Ich war Ammel bei ihr, und mein Weib hat die Pension – *(sich korrigierend)* will ich sagen, mein Weib war Ammel, und ich hab' die Pension bezog'n.

Thurming. Ich kannte die selige Baronin.

Pfrim. Natürlich, die Herrschaften, das hängt ja alles zusamm'.

3 Formel der Ehrerbietung.

Thurming. Und ihren leider auch schon verstorbenen Bruder, den Baron Reichthal –

Pfrim. Verstorben –? *(Pfiffig lachend.)* Haha! Verstorbenen Baron Reichthal kenn' ich keinen – aber –

Thurming. Was sagt Ihr?

Pfrim *(treuherzig)*. Merken S' denn gar nix, hochgstudierter Herr, von wem der Brief is?

Thurming. Von ihm –? Wär's möglich!?

Pfrim. Als Ammel seiner Nièce Adele hab' ich ihm Unterstand[4] – das heißt, die Meinige –

Thurming. Lieber Alter, eilt zum Baron und sagt ihm, ich werde das verabredete Zeichen geben, sobald es mit Sicherheit geschehen kann. Er wird nicht den Richter, sondern den Freund in mir finden.

Pfrim. Aber der Wendelin –?

Thurming. Er ist unschuldig – ich bin von allem bereits unterrichtet. Geht nur, geht, ich werd' ihn sogleich seiner Haft entlassen.

Pfrim. Vergelt's Gott tausendmal! Und was das gewisse Verbrechen anbelangt von ihm, da verlass' ich mich auf Rom. Vielleicht komm' ich in neun Jahren und werd' bitten um ein Empfehlungsschreiben. *(Geht, sich tief verbeugend, durch die Mitte ab.)*

SECHSTE SZENE

Thurming.

Thurming. Das Unglück seines Sohnes, die gefahrvolle Lage des Barons, seine drückenden Verhältnisse – das alles zusammen scheint eingewirkt zu haben auf die Geisteskräfte dieses Mannes. – *(Überlegend.)* Aber das Vertrauen des Barons kann mich in schwere Verantwortlichkeit stürzen – gleichviel! Pflicht, Liebe und Ehre gebieten hier, wer denkt da an Gefahr! – Was hör' ich? Ein Wortwechsel im Vorsaal –

4 Schutz, Zuflucht.

SIEBENTE SZENE

Thurming; Rosalie.

Rosalie *(durch die Mitte eintretend, noch unter der Türe, halb für sich, halb zurücksprechend).* Der Alte wird mich noch ganz bös machen! Ich bin gewiß ein Geschöpf, was allen möglichen herzlichen Anteil nimmt, aber die Schuld geben lass' ich mir nicht.

Thurming. Was ist denn geschehn?

Rosalie. Ich muß um Entschuldigung bitten, Euer Gnaden, ich bin eine stille, sanfte Person, aber aufbringen muß man mich nicht!

Thurming. Dich sendet meine Adele – ach, in welcher Angst mag die Arme gewesen sein!

Rosalie. Sie weiß schon, daß Euer Gnaden glücklich nach Haus gekommen sind, und is jetzt ganz Heiterkeit, aber ich – meinen Liebhaber so sehn zu müssen und noch extra die Vorwürf' vom Alten anhör'n –!

Thurming. Was läßt mir Adele sagen? Sprich –!

Rosalie. Sie wird selbst kommen, in einer halben Stund' is sie da, sie will sich vor den Verfolgungen ihres Vormundes retten, eh's zu spät is, denn er will s' ins Kloster sperren.

Thurming. Endlich also gibt sie meinen Bitten nach – oh, ich Glücklicher!

Rosalie. Die heimliche Heirat soll offenbar werden. Natürlich, Lieb' kann heimlich sein, aber Heirat – ich wollt', er könnt' mich heiraten, ich saget's der ganzen Welt.

Thurming. Ohne Zweifel liebst du auch?

Rosalie. Na ob! *(Sich korrigierend.)* Das heißt, ich hab' ihm kein Wort g'sagt, wenn er's erraten hat, dafür kann ich nicht. Ihre heimliche Frau Gemahlin is in die Kirchen g'fahren, beim herübrigen Tor is sie aus der Equipage gestieg'n, beim drübrigen steigt sie in einen Fiaker und fahrt auf Umwegen zu ihrem Gemahl. Es is was Schönes um die Lieb'; wann aber ein Mann nicht heiraten kann, wie mein Anbeter, da darf man ihm so wenig als der Welt was merken lassen, die Männer übernehmen sich gern.

Thurming. In einer halben Stunde, sagtest du –?

Rosalie. Is sie da, und keine Rücksicht soll sie mehr abhalten – o Gott, mich haltet auch keine Rücksicht ab, aber wie gesagt – übrigens, was die Ehrlichkeit anbelangt, da is er unschuldig, und wenn eine Kammerjungfer sagt: »Ich leg' die Hand ins Feuer«, so is das keine Kleinigkeit. Und was sein Verbrechen anbelangt –

Thurming. Also dein Geliebter auch unschuldig und ein Verbrecher? Spricht denn heute alles in Rätseln?

ACHTE SZENE

Die Vorigen; Pfrim.

Pfrim *(durch die Mitte eintretend, zu Rosalie).* Ja was is denn das? Was sind denn Sie für eine Geliebte? Sie jammern nicht, Sie winseln nicht, Sie erheben kein Angstgeschrei – und wo bleiben denn Ihre zerrauften Haare, wo bleiben denn *(auf Thurming zeigend)* seine umklammerten Knie?

Thurming *(zu Rosalie).* Was will denn der sonderbare Mann von dir?

Pfrim *(zu Rosalie).* Von dem andern red' ich nicht, wiewohl – aber an seinem weltlichen Verbrechen sind Sie schuld. Warum flößen Sie den Männern Leidenschaft ein? Ha? – Mit einem Wort, es is Ihre Pflicht, hier zu bitten für ihn, aber wahnsinnig bitten. *(Sich gegen Thurming wendend.)* Verstehn Euer Gnaden? Das is meinem Sohn Seine, diese da, die, dö[5]!

Thurming. Ah, jetzt begreif' ich –

Rosalie. Daß er unschuldig is, hab' ich ja g'sagt.

Thurming *(zu Pfrim).* Und hab' ich Euch nicht gesagt, Eurem Sohn soll kein Leid geschehn?

Pfrim. Na, und wie ich ihn jetzt hab' mitnehmen wollen, so haben s' unten g'sagt: Nein.

5 die (vulgär).

Thurming. Ganz recht, der Form wegen muß ein Verhör mit ihm abgehalten werden.

Pfrim. Meinetwegen; wenn S' mir ihn aber in einer Stund' nicht nach Haus schicken, dann is es eine Meuterei.

Thurming *(lächelnd)*. Geht unbesorgt Eurer Wege, guter Alter.

Pfrim. Ich geh', ja – aber ich sag' Ihnen 's, wie Sie 'n länger als a halbe Stund' aufhalten, dann is es Meuterei, da nutzt gar nix. Ich küss' jetzt vielmals d' Hand – aber wohlgemerkt – in zehn Minuten – oder – Meuterei! *(Geht zur Mitte ab.)*

NEUNTE SZENE

Die Vorigen ohne Pfrim.

Rosalie. Ich bitt' nur, von mir nichts zu denken –

Thurming. Eben denk' ich, daß ich deine Dienste benötige. *(Nach dem Eingang rechts vorne zeigend.)* Dort sind die Zimmer, welche deine Gebieterin bewohnen wird; du wirst so manches zu ordnen haben. *(Geht vorne links ab.)*

Rosalie *(während er abgeht, ihm nachrufend)*. Ein Glück is es, daß der Wendelin in unsere Händ' gefallen is. *(Allein.)* Es schad't halt doch nicht, wenn man gute Freunde hat beim Kriminal[6]. *(Geht rechts vorne ab.)*

ZEHNTE SZENE

Gottfried, Ignaz, Wendelin.

Gottfried *(sehr artig zu Wendelin, welcher, vom Schließer begleitet, in Ketten hereingeführt wird)*. Ich bitt', nur vorauszuspazieren.

Wendelin *(befremdet)*. G'horschamer Diener!

Ignaz *(sehr zuvorkommend zu Wendelin)*. Es is Ihnen viel-

6 Gericht.

leicht nicht angenehm, in Ketten zu gehen? Erlauben zur Güte! *(Hilft ihm mit Artigkeit die Kette tragen.)*

Wendelin. Ich dank' ergebenst. – *(Nachdem sie in den Vordergrund der Bühne gekommen und die andern etwas zur Seite getreten sind, für sich.)* Ich war doch selber G'fangenwarterg'hilf', und g'wiß nicht grob gegen die Arrestanten, aber daß ich ihnen d' Ketten nach'tragen hätt' – soweit hab' ich die Humanität nicht getrieben.

Gottfried *(leise zu Ignaz).* Also mit Aufmerksamkeit und Zuvorkommenheit, hat der Herr g'sagt?

Ignaz *(leise zu Gottfried).* Ich glaub', mit Hochachtung sogar – *(Zu Wendelin.)* Darf ich einen Sessel[7] bringen?

Wendelin. O ja, Sesseln, soviel Sie wollen, nur keine Bank[8]. *(Setzt sich auf den Stuhl, den Ignaz herbeibringt.)*

Gottfried *(für sich).* Mit dem muß es eine eigene Bewandtnis haben.

Wendelin *(für sich).* Jetzt fehlt gar nix, als daß s' mir mit ein' Glas Wein aufwarteten.

Ignaz *(hat die letzten Worte erschnappt und sagt leise zu Gottfried).* Hast gehört? »Wein« hat er gesagt.

Gottfried *(geht durch die Mitte ab).*

Wendelin *(in seinem Selbstgespräch fortfahrend).* Und wenn die Behandlung noch zehnmal so gut wär', vom Teufel is das schofel[9], daß er mich nicht befreit. Für was hab' ich denn einen Pakt mit ihm? Diese Gefangenschaft muß mir abg'rechnet werd'n an der Seel'. Schad', wenn man die Sach' einem Advokaten übergeben könnt', der ziehet den Teufel eine Ewigkeit herum, und ich könnt' die ganze Zeit nicht verdammt werd'n.

Gottfried *(bringt ein Glas Wein auf einem silbernen Teller und hält die Flasche in der andern Hand).*

Ignaz *(nimmt ihm den Teller ab und präsentiert sehr artig*

7 (österr.) Stuhl.
8 Gemeint ist die Bank, auf der die Prügelstrafe vollzogen wurde.
9 schäbig, armselig.

Wendelin das Glas Wein). Wenn es Euer räub'rischen Gnaden gefällig is –?

Wendelin *(mit wachsendem Staunen).* O ja, warum nicht? *(Trinkt.)* Superb – delikat – Erlauben, is das der g'wöhnliche Wein, den die Gefangenen kriegen?

Ignaz. In der Regel wird er wohl nur auf freiem Fuß getrunken; – wünschen Eure Diebigkeit vielleicht noch ein Glas?

Wendelin. Nur zu!

Gottfried *(schenkt ihm ein, nachdem ihm Ignaz den Wink hierzu erteilt).*

Ignaz *(zu Wendelin).* Dieselben haben ohne Zweifel mehr gestohlen als den bloßen Rock?

Wendelin. Die noble Behandlung zeigt allerdings, daß man mich für keinen kleinen Dieb halten kann.

Ignaz *(zu Gottfried, laut).* Bring' Erfrischungen!

Gottfried *(geht ab).*

Wendelin. Karmanadln[10], die kühlen unendlich, das tut mir sehr gut.

Ignaz. Unser gnädiger Herr kommt, der Herr Oberrichter.

Wendelin. Vor die Karmanadln? Schad'!

Ignaz. Das Verhör is das wichtigste.

Wendelin. 's Fruhstuck wär' mir aber lieber.

Ignaz *(als eben Thurming aus dem Kabinett links vorne tritt).* Da is er – Wollen gefälligst ein Kompliment machen.

ELFTE SZENE

Thurming, Wendelin.

Thurming *(im schwarzen Anzug, ein rotes Band im Knopfloch, zu Ignaz, welcher dann sogleich zur Mitte abgeht).* Laß uns allein!
(Der Schließer, welcher während der vorigen Szene an der Mitteltüre stehengeblieben, tritt ebenfalls hinaus.)

10 Von frz. *carbonnarde* ›auf dem Rost gebratene Kalbsrippenstücke‹; hier wegen des folgenden »kühlen« wohl falscher Fremdwortgebrauch oder ein Witz, vielleicht auf den französischen Revolutionstanz Carmagnole anspielend.

Wendelin *(für sich, in höflich gebückter Stellung, ohne Thurming ins Gesicht zu sehen).* Ohne seine Fragen abzuwarten, will ich ihm eine Antwort oktroyieren[11]. *(Laut.)* Ich heiße Wendelin Pfrim. Ich bin ein Proletariatsbeflissener[12], der den ganzen praktischen Kurs vom Pauperismus[13] durchgemacht hat. Meine Lebensgeschichte is lächerlich, denn sie is so traurig, daß ich mich nur auf drei Lacher, von denen nur der letzte etwas erquicklich war, entsinnen kann. Ohne Schmunzler wurde ich Knabe, und da war dann mein erstes Lächeln ein höhnisches, wie in der Schul' der junge Trott'l von ein' reichen Papa statt meiner 's Prämium[14] hat kriegt. Als theoretischer Schulbub' – hat man mich ein wenig ausgestoßen, als praktischer Lehrbub' – aber hat man mir sehr viel eingepufft. Nach einem mißliebigen, in einer Fabrik verweberten Jünglingsalter hab' ich mich verliebt. Die spröden Launen meiner Göttin bin ich jetzt schon g'wöhnt, aber damals haben sie mir einen Lacher der Verzweiflung erpreßt. Die spätere Orts- und Standesveränderung hab' ich nur zugunsten eines gefesselten Wohltäters unternommen; wie er frei war und ich unerwischt, da hab' ich mir ins Fäustchen gelacht. – Das waren die drei Lacher meines Lebens. – Um schließlich auf die gegenwärtige Verkettung zu kommen, so war die Ursach' nix als ein Traum, der gewiß nicht von Magendrücken entstanden, aber dennoch so beängstigend und furchtbar lebhaft war, daß er eine Art von Wirklichkeit in Gestalt eines unleugbaren Geldbeutels zurückgelassen hat – ich bin unschuldig, und nur mein guter Freund, der Teufel –

Thurming *(laut auflachend).* Hahahaha!

Wendelin *(ihm ins Gesicht sehend und ihn erkennend).*

11 (frz.) aufzwingen.
12 Proletariat, der Stand der besitzlosen Arbeiter, auch die Gesamtheit der Besitzlosen.
13 Seit den vierziger Jahren des 19. Jahrhunderts verwendeter Begriff für Massenarmut und Elend der arbeitenden Klassen, auch ›Lehre von der Verarmung‹ und ›Arbeitslosigkeit‹.
14 (lat.) Belohnung, Preis.

Alle guten Geister –!! Jetzt kann's angehn! Der Beelzebub hat die Gestalt des Oberrichters angenommen. *(Für sich.)* Jetzt kann mir freilich nix g'schehn.

Thurming. Erkennst du mich, Wendelin?

Wendelin. Na, ob! Heut' nacht in Sturm und Ungewitter –

Thurming. Wie ich durchs Fenster erschien –

Wendelin. Mit dem Seelen verlockenden Geldbeut'l in der Hand! *(Schnuppernd, für sich.)* Der unbändige Schwefel auf einmal –!

Thurming. Du weißt nicht, welch wichtigen Dienst du mir geleistet hast. Ich werde alles für dich tun, was in meinen Kräften steht, du siehst, ich habe die Macht dazu.

Wendelin. Ja, ja, die Macht, aber auch die Bosheit –

Thurming. Wie?

Wendelin. Sie fragen noch? Heißt das Wort halten?

Thurming. Ich versteh' dich nicht, bei meiner Seele.

Wendelin *(böse werdend)*. Bei deiner Seele? Sag' lieber, bei der meinigen, die ich aber zurückverlang', du hast den Pakt nicht erfüllt, betrügerischer Vertrageingeher!

Thurming. Du bist nicht bei Sinnen. *(Für sich.)* Sollte er wirklich die tolle Idee –?

Wendelin. Wenn man seine Seel' dem Teufel verschreibt, so is er verpflichtet, einem durchs ganze Leben zu dienen, das weiß jedes Kind. Oder glaubst du, ich werd' mich um dreißig Dukaten und einen alten Kaput[15] holen lassen von dir? Pfui Teufel! Ich will herrlich und in Freuden leben: Wonne, Entzücken, Reichtum, Überschwenglichkeit! – Verstanden?

Thurming. Er hält mich wirklich für –

Wendelin. Und dann hab' ich auch einen Vatern.

Thurming. Ich kenne ihn.

Wendelin. Und hauptsächlich hab' ich noch eine Frau Mutter.

Thurming. Ich kenne sie.

15 Langer Überrock, Mantel.

Wendelin. Das wundert mich, sie is a gottesfürchtige Frau. Und dann hab' ich vor allem eine Geliebte – –

Thurming. Die kenne ich auch.

Wendelin. Muß doch der Teufel seine Nasen überall haben. *(Drohend.)* Na wart', du! – Für die alle muß gesorgt werd'n, brillant, das befehl' ich dir.

Thurming *(für sich)*. Wie kläre ich ihn auf, ohne den närrischen Patron in Geheimnisse einzuweihen –? Nein, ich lasse ihn in seinem Wahn, bis er von selbst – *(Laut.)* Guter Wendelin, wenn ich auch nicht alles erfüllen kann, was du begehrst, so werd' ich doch tun, was in meinen Kräften steht.

Wendelin *(schroff)*. Und was is denn das für a Manier? Werd' ich noch lang' so in die Ketten umgehn?

Thurming. Ach ja – *(für sich)*, vielleicht bringt ihn das zur Räson[16]. *(Klingelt, wonach der Schließer erscheint.)* Man nehme diesem Menschen die Ketten ab, ich habe mich von seiner Unschuld überzeugt.

Wendelin *(während ihm die Ketten abgenommen werden, zum Schließer)*. Sie, und wann S' hinausgehn, so sagen S', daß auf die Erfrischungen nicht vergessen wird.

(Der Gefangenwärter geht mit den Ketten durch die Mitte ab.)

Thurming. Bist du nun beruhigt?

Wendelin. O, ich hab' dir noch ganz andere Sachen aufzutragen, höllischer Geist.

Thurming *(lachend)*. Hahahaha!

Wendelin. Du lachst? Na wart'! Dir werd' ich noch 's Lachen vertreib'n.

Thurming *(für sich)*. Er ist komplett verrückt.

Wendelin *(nachsinnend)*. Was soll ich ihm denn für eine Aufgab' geben –? Recht was Unmögliches – er soll mir zum Beispiel meinen Wohltäter, den Baron erscheinen lassen. Das bringt er gewiß nicht zusamm' –

16 (frz.) Vernunft.

Thurming *(für sich).* Jetzt scheint er nachzusinnen.

Wendelin *(in gebieterischem Ton).* Du schaffst mir jetzt augenblicklich meinen Wohltäter, den Baron Reichthal, her.

Thurming *(für sich).* Gut, daß er mich an das verabredete Zeichen erinnert! *(Geht zum Fenster und befestigt außerhalb desselben ein weißes Sacktuch, ohne daß Wendelin, der auf neue Befehle sinnt, es merkt.)*

Wendelin *(für sich).* Jetzt, das is das Allerunmöglichste, aber grad deßtwegen schaff'[17] ich ihm 's, daß er sich gift't, der Teufel. *(Zu Thurming, welcher bereits wieder nach dem Vordergrund gekommen ist.)* Ferners zauberst du mir an der Stell' meine Geliebte her.

Thurming. Wenn du weiter keinen Wunsch hast als diesen, so freut es mich, ihn so bald befriedigen zu können.

Wendelin. Wenn er das imstand is –! *(Sieht nach der Mitteltür, durch welche Reichthal eintritt.)* Da hab'n wir 's, da is er!

ZWÖLFTE SZENE

Die Vorigen, Reichthal.

Reichthal *(nahe an der Tür stehenbleibend).* Also darf ich dieses Haus mit Vertrauen betreten?

Thurming. Ohne Sorge, in meinem Hause sollen Sie nur Freunde finden.

Reichthal *(nachdem er Thurming begrüßt).* Mein guter Wendelin, auch dich finde ich hier, treue, aufopfernde Seele?

Wendelin *(für sich).* Der stichelt auch schon auf meine Seel', daß ich s' aufgeopfert hab' –

Thurming *(zu Wendelin).* Geh einstweilen hier hinein. *(Er zieht den Vorhang von dem Eingang rechts vorne, wo Ro-*

17 befehle.

salie abgegangen, etwas zurück.) Hast du sonst noch einen Wunsch?

Wendelin *(freudig aufschreiend).* Millionen Element! Die Sali –! Ja, jetzt gewinnt die Sache Gestalt, die G'schicht' hat jetzt Hand und Fuß und alles mögliche, die ganze Teufelverschreibung kriegt jetzt erst a G'sicht, und was für ein liebes G'sicht! *(Zu Thurming.)* Satan, du hast mich am Haare gefaßt – *(über Thurmings Lächeln empört)* gelt, jetzt lächelst und frohlockest? Oh, nur recht die Schwäche eines Menschen benutzen, bis man ihn ganz umgarnt hat, und nacher –! *(Macht die Pantomime: in den Abgrund ziehen.)* Oh du – *(mit Ingrimm)* pfui Teufel! *(Geht rechts vorne ab.)*

DREIZEHNTE SZENE

Die Vorigen ohne Wendelin.

Reichthal. Werden Sie mir auch nicht zürnen, einen Schritt getan zu haben, der auch Sie in Gefahr bringen kann?

Thurming. Ich bin hocherfreut, von Ihnen selbst unter die vielen Freunde gezählt zu werden, die, von Ihrer Unschuld überzeugt, mit innigster Teilnahme auf eine günstigere Wendung Ihres unverdienten Loses hoffen.

VIERZEHNTE SZENE

Die Vorigen; Ignaz, Gottfried.

Ignaz *(eintretend, mit geheimnisvoller Wichtigkeit zu Thurming).* Euer Gnaden –

Gottfried *(mit einem Servierbrette, welches mit einem reichlichen Gabelfrühstück besetzt ist, eintretend).* Ich bitt', wo kommt das hin?

Thurming. Was soll das –?

Ignaz. Das is 's Fruhstuck für 'n Rauber.

Thurming. Ah, nur da hinein! *(Weist Gottfried nach rechts vorne.)*

Gottfried *(tut, wie ihm befohlen, kommt dann wieder zurück und geht während des Folgenden durch die Mitte ab).*

Ignaz. Euer Gnaden –! *(Thurming geheimnisvoll beiseite winkend.)* Eine verschleierte Dam' ist angekommen und wünscht –

Thurming *(für sich).* Das ist Adele –! *(Spricht ein paar Worte leise zu Ignaz, der dann durch die Mitte abgeht.)*

Reichthal. Sollte meine Gegenwart Ihnen irgend lästig sein, so ziehe ich mich zurück.

Thurming. O keineswegs, doch mögen Sie einstweilen hier eintreten – *(zeigt nach der Seitentüre links rückwärts)*, um in wenigen Augenblicken zu erfahren, welch gegründete Ansprüche Sie auf meinen Schutz, auf meine Freundschaft haben –

Reichthal. Ich gehorche. *(Geht durch die bezeichnete Türe ab.)*

FÜNFZEHNTE SZENE

Adele, Thurming.

Thurming *(seiner Gattin entgegengehend, welche durch die Mitteltüre eintritt).* Teure, geliebte Adele, so schnell hätt' ich mir dieses Glück nicht als möglich gedacht.

Adele. Ach, mein teurer Gatte, ich erliege fast der Angst.

Thurming. Fasse dich, du bist in Sicherheit.

Adele. Heute morgen hat mein Vormund mir neuerdings erklärt, ich müsse das Kloster wählen, und nun fürchte ich, wenn er alles erfährt, daß er unsere Ehe als ungültig erklären läßt.

Thurming. Das soll ihm nicht gelingen. Und nun, teure Adele, verbanne jede Sorge, deiner wartet ein Augenblick freudiger Überraschung.

(Geht mit Adele durch die Seitentüre rechts rückwärts ab.)

SECHZEHNTE SZENE

Wendelin, Rosalie.

Rosalie *(von rechts vorne kommend).* Den Wendelin müssen s' mir aus'tauscht haben, das is ja gar nicht mehr der nämliche; er is auf einmal so verzagt, und sonst hab' ich mich gar nicht g'nug retten können vor ihm.

Wendelin *(ebenfalls aus Seite rechts vorne kommend, in sich gekehrt).* Die Geschwindigkeit, mit der das Frühstück vernichtet war, is fabelhaft, das war kein natürlicher Appetit – 's war Heißhunger. – Und wenn ich trink', das is auch als wie auf ein' heißen Stein – es müssen schon Flammen in mir sein, ich lass' mir's nicht nehmen.

Rosalie *(tritt ihm näher).* Jetzt wirst du ein Geständnis ablegen. Woher diese Traurigkeit? Du bist frei –

Wendelin *(gleichgültig).* Ich hab's im voraus g'wußt, daß mir nix g'schehn kann.

Rosalie. Du bist geliebt –

Wendelin *(kalt).* So? Das hätt'st mir gestern sagen sollen.

Rosalie. Na, ich glaub', wegen ein' Tag auf oder ab is das Glück noch immer groß genug.

Wendelin. Gestern warst du noch unschätzbar, heut' bist du wertlos.

Rosalie. Was?

Wendelin. Ja, wenn du aus eignem Antrieb so reden und handeln tätst – ja –

Rosalie. Wer soll mich denn gezwungen haben?

Wendelin. Sali –! *(Mit Nachdruck.)* Hältst du dich wirklich für eine freiwillige? G'spürst du gar nichts von einer verborgenen Kraft in dir?

Rosalie. Du meinst doch die Kraft der Liebe?

Wendelin. Aziwoi,[18] Liebe! Da wär' ich freilich glücklich –

18 Rommel vermutet Nachahmung des Niesens, das im Volksmunde – ernstgemeint und ironisch – als Wahrheitsbeweis für eine Behauptung gilt.

Rosalie. So sei glücklich, wer verbiet't dir's denn? *(Fällt ihm um den Hals.)*

Wendelin. Ich bitt' dich, Sali, um alls in der Welt – Sali, was tust du? Sali, was fallt dir denn ein, Sali! Geh –

Rosalie *(zärtlich).* Wendelin –!

Wendelin *(strenge).* Fort! *(Sich besinnend, beiseite.)* Jetzt, warum bin ich denn aber so? Ich malträtier'[19] ja mich selbst – ich bin im Grund ein Esel –

Rosalie. Du, 's hat dich wer geruft –

Wendelin. Ich wüßt' nicht, wer.

Rosalie. Mir war aber ganz deutlich –

Wendelin. Mein Namen is ja hier nicht so bekannt, und wenn auch – just nicht –! *(Sich auf einmal aller Grillen entschlagend.)* Da bringt mich jetzt keine Macht der Erde weg, ich seh' nicht ein – geholt werd' ich doch einmal, also – *(will sie stürmisch umarmen, sie entschlüpft ihm schnell.)*

Rosalie. No, no, wie g'schieht dir denn auf einmal?

Wendelin. Du entschlüpfst mir? Dieses schlüpfrige Benehmen hätt' ich nicht von dir erwartet. *(Nähert sich ihr.)*

Rosalie *(zurückweichend).* Zurück!

Wendelin. Sali, bedenk', Wendelin bittet, wo er befehlen könnte.

Rosalie. Befehlen? Na, das ging' mir ab!

Wendelin. Zwing mich nicht, übernatürliche Mittel anzuwenden.

Rosalie. Übernatürliche Mittel?

Wendelin. Tu lieber aus eigenem Antrieb, was du halt glaubst, daß recht is.

Rosalie *(hartnäckig).* Nix da! Jetzt is die Reihe an mir, jetzt sag' ich *(ihn parodierend)*: Fort!

Wendelin. Aha! Sind's schon wieder, die dämonischen Kalfoniblitzer[20] schnöder Liebesgaukelei –? Oh, ich kenn' dich, du marmoriertes Kieselherz! *(Für sich.)* Für mich

19 (frz.) mißhandele.
20 Kolophonium wurde zur Herstellung von Feuer und Blitz auf dem Theater verwendet.

gibt's keine Liebe, keine Seligkeit – – ich bin ein unglücklicher junger Mensch! *(Hat sich auf den Stuhl geworfen und verhüllt sich das Gesicht mit beiden Händen, indem er sich mit den Ellbogen auf den Tisch stützt.)*

Rosalie *(staunend, für sich)*. Ah, wie der heut' kurios[21] is –!

Wendelin. Freilich, wenn ich mich kaprizier', so müßt' sie wohl – ich brauchet bloß so die Sach' als Wunsch vor mich hinzumurmeln, allenfalls: »Beelzebub, mach', daß sie zu mir kommt!« – Aber –

Rosalie *(für sich)*. Ich muß ihn doch besänftigen. *(Sich nähernd und laut.)* Schau, lieber Wendelin –

Wendelin *(für sich)*. Aha – was hab' ich g'sagt?! Sie geht aufs Wort, das heißt, aufs Zauberwort.

Rosalie. Vielleicht kann ich das mit einem Kuß beweisen.

Wendelin. Ich dank', es muß nicht gleich sein.

Rosalie *(mit fast unheimlicher Verwunderung)*. Ha, er is aus'tauscht! So was hat ihn sonst außer sich bracht vor Entzücken –

Wendelin *(beiseite)*. Im Liebeszauber bin ich ferm[22], das hab' ich schon weg. Jetzt muß ich nur auf eine konträre Bezauberung studieren, wenn einem eine z'wider wird, wie man s' da losbringt mit Teufelsg'walt, denn das is immer viel schwerer als die Anziehungskraft.

Rosalie. Is das mein Dank, weil ich beim Herrn Oberrichter ein gut's Wort eingelegt hab' für dich?

Wendelin. Also den haltst du für 'n Oberrichter?

Rosalie. Für was denn sonst?

Wendelin. Sauberer Oberrichter von unten! *(Mit geheimnisvoller Wichtigkeit.)* Die Garderob' des Luzifer besteht aus Gestalten[23], da schlieft[24] er nach Belieben aus und ein, um die Sterblichen zu blenden.

21 wunderlich, seltsam.
22 vollkommen, gewandt.
23 Der Gestaltentausch war ein Hauptmotiv der Gespenster- und Teufelsbündler-Stücke des Wiener Volkstheaters.
24 schlüpft.

Rosalie *(staunend).* Wendelin – zehn alte Weiber sind nichts gegen dich an Aberglauben. Den guten Herrn von Thurming halt't er für ein' bösen Geist! Das müßt' doch mein Fräul'n am besten wissen, die is schon drei Wochen heimlich verheiratet mit ihm.

Wendelin. So? Na, da hat s' a schöne Partie g'macht; wenn sich a junge Baroneß nix Besseres weiß –

Rosalie. Sie is glücklich mit ihm, er liebt sie mit einer Glut –

Wendelin. Mit Glut, das will ich glauben, dem wird auch 's Feuer nicht so g'schwind ausgehn; is bei mir der nämliche Fall, mich wirst in zehn Jahren erst recht in Feuer finden.

Rosalie. Dann bin ich ja glücklich; ich will ja nix anders als deine Lieb', und daß du nebenbei a bisserl Vernunft annimmst.

Wendelin *(für sich).* Sie wird schon wieder zudringlich und indiskret, jetzt is er da, der Moment. *(Mit feierlichem Ernst.)* Rosalie, ich will dich nicht in mein Schicksal ziehen.

Rosalie. Wenn ich jedes Los mit dir teilen will, geht's dich was an?

Wendelin. Also muß ich das Schreckensbild aufrollen vor deinen Augen? Nun denn – denk' dir, wir werden kopuliert[25] –

Rosalie. Na, das is doch nix Schreckliches.

Wendelin. Auf meiner Seiten löschen die Lichter aus –

Rosalie. Das bin ich g'wöhnt, daß bei dir nie ein Licht aufgeht.

Wendelin. Die Hochzeitstafel beginnt, es wird gegessen – getrunken –

Rosalie. Allenfalls schrecklich gegessen und getrunken, das macht nix.

Wendelin. Ich selbst betäube mich in Wein –

Rosalie. Is *meine* Sorg', daß das nicht g'schieht.

Wendelin. Es schlägt Mitternacht –

25 (lat.) verbunden, getraut.

Rosalie. Auch da werd' ich mich noch nicht fürchten.

Wendelin. Ja, wenn du gar nichts schrecklich find'st, dann beschreib' ich nicht weiter, sondern ich sag' dir nur soviel: Dich erwartet die Hölle an meiner Seite –

Rosalie *(böse werdend)*. Ah, jetzt is es mir zu arg! Die andern versprechen einem doch wenigstens den Himmel, wenn's auch nicht wahr is, aber der untersteht sich, so zu reden, während ich die unendliche Liebe entwickle – was zu viel is, is z' viel! Du wirst's zu spät bereun, du hast eine Rosalie *gehabt. (Geht in die Seitentüre links rückwärts ab.)*

SIEBZEHNTE SZENE

Wendelin.

Wendelin. Jetzt bin ich vollendeter Liebesheld, ich habe nicht nur das Anziehende, ich hab' auch das Abstoßende in mir. – Und was sie Aberglauben nennt, das werden wir bald in klarste Überzeugung umwandeln. Es ist dalket[26], wenn ich noch einen Zweifel hab'; aber ich treib's justament auf 's äußerste: ich mach' noch eine Prob'. Gestern is die Wachmannschaft von Finsterau[27] hier an'kommen; – mitten unter denen will ich in voller Gefangenwärteruniform erscheinen. Packen s' mich als verräterischen Flüchtling und hängen s' mich auf – na, so weiß ich doch, woran ich bin; sind sie aber alle mit Blindheit g'schlagen und lassen s' mich unangefochten herumstolzieren, dann weiß ich, wem ich zugehör' – und die Höllenfahrt is auf ein Haus.[28] – Mich haben meine Kameraden immer ein abergläubisches altes Weib genannt, und wer hat jetzt recht? – Aberglauben is immer noch was Besseres als Unglauben, und ich glaub'

26 dumm, närrisch.
27 Sprechender fiktionaler Ortsname.
28 Redensart: hypothekarisch gesichert.

einmal an den Aberglauben, und ich halt' große Stuck auf 'n Aberglauben, und mit einem Wort, um den Aberglauben nehm' ich mich an.

Lied

1.

D' Leut' woll'n nix mehr glaub'n, und darum
Werfen s' gar so mit 'n Aberglaub'n um,
Jeder Glaub'n, der s' a bißl geniert,
Wird als Aberglaub'n gleich persifliert.
D' Mehrzahl Menschen hat Grund ohne Zweifel,
Wenn's ein' gibt, sich zu fürchten vor 'n Teufel,
Statt sich z' bessern, disputier'n s' lieber keck
Dem Teufel die Ohrwaschel[29] weg.
Ich glaub' fest, daß 's ein' gibt, möcht' drauf schwör'n,
's wär' sonst viel's auf der Welt nicht z' erklär'n,
Denn i sag: Wenn ka Teufel nicht wär',
Wo kommt alles das Teufelszeug her?
  I lass' mir mein' Aberglaub'n
  Durch ka Aufklärung raub'n,[30]
  's is jetzt schön überhaupt,
  Wenn m'r an etwas noch glaubt.

2.

Sagt man zu die Gelehrten, 's geht um,
So lachen s' ein' aus, und warum?
Weil's an eignem Geist ihnen oft fehlt,
Sag'n s' glei, 's gibt gar kein' Geist in der Welt,
Wieviel Körper gehn um in der Stadt,
Wo keiner ein' Geist in sich hat!
Eb'nso kann auch a Geist allein gehn,
Ohne au'm dalketen Leib anz'stehn.

29 Ohr.
30 Der Rationalismus der Aufklärung zielte auch auf Befreiung des ›unmündigen‹ Menschen vom Aberglauben.

Auch d' Hexen sind stark noch verbreit't,
Obwohl keine mehr au'm Besen umreit't.
Jede ord'ntliche Hex' bei der Zeit
Hat ein' Federhut und a schön's Kleid.
  I lass' mir mein' Aberglaub'n
  Durch ka Aufklärung raub'n,
  's is jetzt schön überhaupt,
  Wenn m'r an etwas noch glaubt.

3.

's gibt auch Ahnungen; alles, was geschicht,
Ahnt mancher Mensch, jed'r aber nicht.
Was d' Frau treibt, weiß oft d' ganze Stadt schon,
Nur der Mann hat keine Ahnung davon.
Auch d' Wahrsagerei is veracht't,
Wird statt unterstützt nur verlacht;
D' Leut' zahl'n lieber für d' Abendblätter[31] ihr Bares,
Das schon zeigt, sie hab'n kein' Sinn für was Wahres.
Auch auf Träum', daß s' ausgehn, glaub' i fest,
Unser Freiheitstraum[32] is so a Traum g'west,
Und ich frag', ob's nicht wahr is und g'wiß,
Ob d' Freiheit uns nicht aus'gangen is?
  I lass' mir mein' Aberglaub'n
  Durch ka Aufklärung raub'n,
  's is jetzt schön überhaupt,
  Wenn m'r an etwas noch glaubt.

4.

Um Mitternacht wird's auf d' Kirchhöf' lebendi,
Das glaubt heutzutag nit der zehnti,
Drum hab'n s' jetzt neue Schauder erdacht,
Die jed'n mahnen, es is Mitternacht.

31 Abendzeitungen.
32 Der Traum, der sich an den Erfolg der Märzrevolution knüpfte; vgl. Nestroys Darstellung in *Freiheit in Krähwinkel*.

Um die Stund', wo sich öffnet jeds Grab,
Schaffen s' d' Leut' aus d' Wirtshäuser ab.
»Noch a Seitl[33]!« – doch der Kellner sagt: »Nein!« –
Die größten Freigeister[34] schüchtert das ein.
Manche fühl'n einen Druck 's ganze Jahr
Und glaub'n, 's druckt s' d' Regierung – nicht wahr!
Was d' meisten druckt, weiß ich recht gut,
Beim Tag d' Schulden und 's Nachts dann die Trud[35].
I lass' mir mein' Aberglaub'n
Durch ka Aufklärung raub'n,
's is jetzt schön überhaupt,
Wenn m'r an etwas noch glaubt.

5.

Und wenn d' Menschheit betrachten nur wollt',
Was der Teufel auf der Welt alles holt!
Nach dem Mädl ihrer Schönheit ich geize,
's Jahr drauf sein beim Teufel ihre Reize. –
Der Tenor, 's hohe C gelingt ihm –
Er wird heisri, und beim Teufel is d' Stimm'!
D' schönen Aussichten gar! Na, die sind
Oft beim Teuf'l, merkwürdig, wie g'schwind.
Wenn er 's Schlechte nur holet, ging's an,
Doch der Teuf'l is ein heiklicher Mann,
Aus dem, was 'r überlaßt, sieht man's recht,
Wie viel 's gibt, was dem Teufel zu schlecht.
I lass' mir mein' Aberglaub'n
Durch ka Aufklärung raub'n,
's is jetzt schön überhaupt,
Wenn m'r an etwas noch glaubt. *(Ab.)*

33 Flüssigkeitsmaß.
34 Ungläubige, Atheisten.
35 Nachtgespenst, Alp.

ACHTZEHNTE SZENE

Rosalie, dann Johann.

Rosalie *(lachend aus der Seitentüre links rückwärts kommend)*. Hörst du, Wendelin – wo is er denn? Jetzt hab' ich erst den ganzen Überblick über seine Dummheit – nein, wie ich zu so einem Liebhaber komm' –!

Johann *(rasch durch die Mitteltüre eintretend)*. Das heiß' ich atemlos laufen!

Rosalie. Atemlos? Johann, da is was Ungewöhnliches geschehn!

Johann. Ah, unsere reizende Rosalie –

Rosalie *(ungeduldig)*. Alles zu seiner Zeit, jetzt nur –

Johann. Also Scherz beiseite, unser Herr is rasend über die Flucht seiner Nièce.

Rosalie. O weh –! Übrigens bis hierher kann er uns doch nicht verfolgen.

NEUNZEHNTE SZENE

Die Vorigen; Thurming, Adele.

Thurming *(mit Adelen aus der Seitentüre links rückwärts kommend)*. Soldaten und Gendarmen umringen das Haus – *(Gegen die Mitteltüre.)* Heda!

Adele. Ich zittre –

Thurming *(Johann erblickend)*. Wer ist der Mensch –?

Johann. Ein untertänigster Diener –

Adele. Von Stromberg –

Rosalie. Aber ganz auf unsrer Seiten.

Thurming *(zu Johann)*. Darf ich Ihm trauen?

Johann. Auf Ehre –

Thurming. Der reichlichste Lohn soll dir werden.

Johann. Dann schon gar –

Thurming. Nun sprich!

Johann. Ein mit »E von T« gemerktes vergessenes Sacktuch

hat den gegen Emil von Thurming bereits gehegten Verdacht zur Gewißheit erhoben; mein Herr hat dieserwegen beim Staatssekretär um Erlaubnis, eine Haussuchung bei Euer Gnaden vorzunehmen, nachgesucht! –

Thurming *(entrüstet).* Wie?

Johann. Ich hab' das Gespräch behorcht, wie der Staatssekretär g'sagt hat: »Das würde uns noch zu keinem so auffallenden Schritte berechtigen, aber eine geheime Meldung, die eben dem Minister gemacht wurde, vereinigt sich mit Ihren Wünschen.«

Thurming. Geheime Meldung – *(zu Adele)* es ist kein Zweifel mehr, Reichthals Zurückkunft ist entdeckt –

Adele. Er ist verloren –!

Thurming. Noch ist Rettung möglich! *(In die zweite Seitentür links rufend.)* Kommen Sie schnell!

ZWANZIGSTE SZENE

Die Vorigen; Reichthal.

Reichthal *(aus der Türe tretend).* Man sucht mich – ist's nicht so?

Adele. Ach, leider –

Thurming *(zu Reichthal).* Nur eilig diese Jacke angezogen! *(Nimmt Wendelins Jacke, welche er im Anfang des Aktes auf den Stuhl gelegt, und gibt sie Reichthal.)* Sie hat mich gerettet, möge sie Ihnen dieselben Dienste tun.

Johann. Es sind aber die Ausgänge besetzt!

Thurming. Dieser hier ist frei. *(Zieht einen Schlüssel aus der Tasche und schließt eilig die zweite Seitentüre rechts rückwärts auf.)*

EINUNDZWANZIGSTE SZENE

Die Vorigen; Pfrim.

Pfrim *(durch die Mitte eintretend).* Meuterei –!! Wo is mein Sohn?!

Rosalie. Der muß da sein. *(Geht in das Kabinett rechts vorn ab.)*

Pfrim *(zu Thurming, argwöhnisch).* Die halbe Stund' is vorbei – *(erblickt Reichthal, der die Jacke angezogen).* Ha, das is der Bonjour[36] meines Sohnes –!? Gute Nacht – Hilfe! Meuterei!!

Thurming. Was habt Ihr denn? } *zugleich*
Adele *(Pfrim begütigen wollend).* Aber, guter Alter – }

Pfrim *(auf Thurming deutend).* Der hat meinen Sohn heimlich hinrichten lassen, nix als das Jankerl is mehr übrig von ihm!

Johann *(hat an der Mitteltüre gehorcht).* Man kommt –!

Thurming *(zu Reichthal).* Hier, nehmen Sie diese Börse. Dieser Ausgang führt Sie sicher ins Freie – *(Drängt Reichthal durch die Seitentür rechts rückwärts fort.)*

ZWEIUNDZWANZIGSTE SZENE

Die Vorigen ohne Reichthal.

Rosalie *(aus dem Kabinett rechts vorn zurückkommend).* Der Wendelin is nicht da – ich begreif' nicht –

Pfrim *(jammernd).* Jetzt, wo ich erst a Freud' erlebet an dem Sohn, jetzt muß ich ihn verlieren.

Thurming *(ärgerlich).* Zum letzten Male, schweigt, oder –

36 Taillierter Rock, dessen Schöße stark nach hinten gestreckt sind.

DREIUNDZWANZIGSTE SZENE

Die Vorigen; Kommissär, Wache.

Kommissär *(tritt zur Mitte ein, durch die offenbleibende Mitteltür sieht man Wache im Vorsaale, der Sergeant derselben bleibt an der Türe).* Herr von Thurming, ich habe Befehl von Seiner Exzellenz dem Herrn Minister, hier strenge Hausdurchsuchung vorzunehmen.

Thurming. Ohne zu erörtern, ob der Minister auf seinem Sterbelager sich wirklich mit Erteilung solcher Befehle befaßt, kann ich mir nur eine Veranlassung denken. *(Zeigt dem Kommissär ein Papier.)* Aus diesem Trauschein aber mögen Sie entnehmen, daß keine Macht der Erde diese Dame *(auf Adele zeigend)* aus meinem Hause führen kann. Übrigens –

Kommissär. Das allein ist es eben nicht –

Thurming. Sei es, was immer, ich werde für dieses beleidigende Verfahren Genugtuung zu finden wissen.

Pfrim *(zum Kommissär).* Lassen Sie sich nicht abschrecken – er hat meinen Sohn gemordet –

Kommissär. Wie das? *(Zu Pfrim.)* Wie heißt Er?

Pfrim. Ich? Pfrim – und mein Sohn heißt erst recht Pfrim, nämlich Wendelin Pfrim.

Kommissär. Was –? Der in Finsterau Gefangenwärter war?

Pfrim. Ja, ein hoffnungsvoller, ein –

Kommissär *(geht zum Sergeanten zurück und spricht ein paar Worte leise mit ihm).*

Pfrim *(drohend zu Thurming).* G'freu'n S' Ihnen, jetzt werd'n Sie's krieg'n!

Adele *(zu Pfrim).* So laßt Euch nur –

Pfrim *(zu Adele).* Er hat mich um meinen hoffnungsvollen Sohn gebracht, noch haben wir keinen Reichtum, noch waren wir nicht auf der Pilgerfahrt, und der hat ihn gemordet!

Kommissär *(ist wieder nach vorne gekommen und sagt zur*

Wache, welche ebenfalls vorgetreten, auf Pfrim zeigend). Nehmt den Mann hier fest!

Pfrim. Was wär' das!? Ha, gräßlich –! Mein Sohn heimlich hingerichtet, ich öffentlich arretiert –! Das is noch nicht dagewesen!

(Im Orchester fällt Musik ein, Pfrim wird von der Mannschaft in die Mitte genommen, der Kommissär macht eine entschuldigende Bewegung gegen Thurming, daß er nun die Durchsuchung vornehmen müsse, Thurming weist ihm höflich die Eingänge zu beiden Seiten. Während dieses zugleich mit der Arretierung des widerspenstig sich wehrenden Pfrim vorgeht, fällt der Vorhang.)

DRITTER AKT

Elegante Straße in der Stadt, links an der Kulisse das Haus des Staatssekretärs von Arnstedt, vor demselben steht ein Portier.

ERSTE SZENE

Portier, Leni.

(Beim Aufrollen der Kurtine[1] *steht der Portier eine kleine Weile regungslos, mit dem großen Stock in der Hand, darauf kommt Leni aus dem Hause.)*

Leni. Ah, Vater, das is ein Jammer, daß ein' 's Herz bricht, die Dam', die sie gebracht hab'n – durch 'n Schleier hat man die Tränen g'sehn.

Portier *(kalt und gravitätisch).* Ja, jetzt, das is schon a so.

Leni. Die andre hat auch g'weint, die mit dem grünen Schleier – 's war aber nicht so rührend, natürlich, die hat nur g'weint, weil sie Kammerjungfer is.

Portier. Ja, jetzt, das is schon a so.

Leni. Mir stünd' ein grüner Schleier sehr gut.

Portier. Mir is auch von jeher grün gut g'standen zum G'sicht.

Leni. Ich kaufet mir ein', aber 's is nur das Fatale, wie man ein' grünen Schleier hat, is es grad, als wenn man hint' oben sitzet auf der Equipage, man kennt gleich, daß das a Kammerjungfer is.

Portier. Du hast das nicht nötig. Überhaupt, auffallende Sachen muß man vermeiden.

Leni. Und weiß der Vater, wer sie is, diese Dam' –?

Portier. Geht mich nix an.

Leni. Und wegen was sie da is?

Portier. Mir alles toute même.[2]

1 (frz.) Vorhang.
2 (frz.) Mir alles gleich.

Leni. D' Kammerjungfer hat's als so weinender g'schnattert –

Portier. Ja, jetzt, das is schon a so.

Leni. Sie hat heimlich g'heirat't.

Portier. Aha? Nimm dir a Beispiel!

Leni. Soll ich etwan auch heimlich heiraten?

Portier *(einen Moment auffahrend, gleich aber in seine kalte Ruhe zurückfallend).* Es is unter meiner Würde, mit einer Gretl wie du – wenn ich sage »Beispiel«, so is es ein abschreckendes Beispiel. Was ich sag', is abschreckend.

Leni. Der Vater weiß aber –

Portier. Ich weiß nix, das is dein Glück, denn wenn ich einmal was weiß, da is der sanfte Vater ums Eck, und ich bin rein aufgebrachter Portier.

Leni. O weh! Da krieg' ich völlig a Ganshaut.

Portier. Das is angebornes Talent bei dir. Marsch ins Haus!

Leni. Der Vater is aber doch recht abscheulich. *(Geht ins Haus ab.)*

Portier. Ja, jetzt, das is schon a so.

ZWEITE SZENE

Portier, zwei Gendarmen.

(Die zwei Gendarmen treten von rechts auf.)

Erster Gendarm *(zum zweiten).* Er war's, wenn ich dir's sag'.

Zweiter Gendarm. Ich streit' ja nicht, aber ich war ja nur zwei Täg mit ihm beisamm', wie die G'schicht' g'schehn is.

Erster Gendarm. Also kannst dich nicht so erinnern, aber ich – wenn ich wem ein einzigs Mal g'sehn hab' – *(Zum Portier.)* Herr Portier, hab'n S' die Güte, schicken S' die Wachtmannschaft heraus; wir derfen da jemanden nicht außer Augen lassen.

Portier. Wieder ein politischer Verbrecher? Nein, was

einem die für Keierei[3] machen – ! Wenn s' noch so politisch wären, daß man s' nicht krieget, aber so hat man dieses ewige G'stanz[4]. *(Geht in das Haus ab. Die Gendarmen haben sich etwas nach dem Hintergrund gezogen.)*

DRITTE SZENE

Wendelin, die Gendarmen.

Wendelin *(in Gefangenwärteruniform nach Art der Grundwächter[5] gekleidet).* Ich hab' mir's ja gleich denkt. Drei haben mich schon g'sehn, 's Maul aufg'rissen und mich ruhig weitergehn lassen, als ob ich ein honetter Mensch wär'. Jetzt stell' ich mich da vors Ministerialgebäud' her, wo die Gendarmen auf Ordonnanz[6] sind, und geh' nicht weg, bis mich alle g'sehn haben. 's wird aber auch nix nutzen; der Teufel hat mich mit einem Respekt umgeben, es traut sich kein Mensch über mich.

Erster Gendarm. Halt, Lump!

Wendelin. Aha?! Und früher hast tan, als wennst mich nicht kennest.

Zweiter Gendarm *(Wendelin näher betrachtend).* Jetzt fallt mir das dumme G'sicht erst wieder ein. Freilich is er's!

Wendelin. Na, wer soll's denn sonst sein?

Erster Gendarm *(indem er und sein Kamerad Wendelin packen).* Du g'hörst jetzt uns!

Wendelin. Gott sei Dank! Jetzt weiß ich doch g'wiß, daß ich nicht des Teufels bin.

Zweiter Gendarm. Wennst zum Sündenbereu'n schaust, is es möglich.

Wendelin. Die größte Angst hab' ich überstanden.

Erster Gendarm. Das weiß ich nicht, denn ich glaub' immer, es geht dir an Hals.

3 Unannehmlichkeit.
4 Lärm, Aufsehen.
5 Vorstadtpolizist.
6 Hier svw. ›Wache‹.

VIERTE SZENE

Sergeant, Portier, Leni, die Vorigen, mehrere Gendarmen.

Sergeant *(mit den übrigen aus dem Hause tretend).* Was is vorgefallen? Rapport[7]!

Erster Gendarm. Da is ein Steckbriefverfolgter! *(Auf Wendelin zeigend.)*

Zweiter Gendarm. Wir kennen ihn akkurat.

Sergeant. Also festgenommen!

Erster Gendarm. Er hat dem Baron Reichthal zur Flucht verholfen.

Wendelin. Ja.

Zweiter Gendarm. Dem Hochverräter!

Portier. Aha, politisch!

Erster Gendarm. Gleich drauf is er an einem schönen Abend auch verschwunden.

Wendelin. Ja!

Portier. Offenbar politisch! Gar nix zu sagen dagegen.

Leni. Der arme Mensch!

Erster Gendarm. Und jetzt geht er mir nix, dir nix in seiner G'fangenwarteruniform herum.

Die Gendarmen. Wir alle kennen ihn.

Zweiter Gendarm. Es is eine Keckheit, die ins Dumme geht.

Portier. Das is wieder gar nicht politisch.

Sergeant. Alles eins! Das muß gleich g'meldet werden.

Leni. Daß es doch Verbrecher gibt, die so a gut's G'sicht haben.

Portier *(zu Leni).* Laß dir das zur Warnung sein!

Sergeant. Fort mit ihm!

Wendelin. Ja, ja, fangts nur den Leib, weil ich nur weiß, daß der G'wisse die Seel' nicht erwischt.

Die Gendarmen. Vorwärts! *(Führen Wendelin ins Haus ab.)*

7 (frz.) Meldung, Bericht.

Wendelin *(im Abgehen).* Aber merkwürdig is 's; jetzt gehn falsche Teufeln herum, tun, als ob s' a Höll' hätten, und 's is nix als Streichmacherei[8]. *(Ab ins Haus mit den Gendarmen.)*

Leni. O Gott, dem kost't's wenigstens sein jung's Leben.

Portier. Ja, jetzt, das is schon a so. *(Folgt Leni ins Haus nach.)*

Verwandlung

Zimmer im Hause des Staatssekretärs von Arnstedt.

FÜNFTE SZENE

Arnstedt, Stromberg, Pfrim.

(Arnstedt tritt mit Stromberg zur Mitte ein, Pfrim folgt ihnen.)

Arnstedt *(ohne von Pfrim Notiz zu nehmen, zu Stromberg).* Eben erhalte ich vom Hofmedikus die Nachricht –

Stromberg. Steht es schlecht?

Pfrim. Und ich geh' Euer Gnaden von einen Zimmer ins andere nach, ich lass' Euer Gnaden nicht aus.

Arnstedt. Unerträglicher Mensch! Was will Er denn noch?

Pfrim. Ich hab' draußt vor die Leut' nicht reden wollen; Sie zeigen keine Tätigkeit, Ihr Benehmen ist flau.

Stromberg. Sei Er froh, daß man Ihn laufen läßt, statt Ihn für die Verheimlichung Seines Sohnes verantwortlich zu machen.

Pfrim *(im schroffen Tone zu Stromberg).* Ich bitte, das ist nicht so. *(Zu Arnstedt.)* Das Palais Thurming muß demoliert, die Keller der Erde gleich gemacht und die Kerker-

8 Aufschneiderei, Hochstapelei.

mauern geschliffen werden, so lang geschliffen, bis mein Sohn zum Vorschein kommt.

Arnstedt. Er spricht gegen Sein eigenes Interesse, denn wenn Sein Sohn mir in die Hände käme, könnte man sagen: Vom Regen in die Traufe; denn ich wüßte wirklich nicht, wie ich ihn der Strafe der Gesetze entziehen sollte.

Pfrim *(zu Arnstedt)*. Daß meinem Sohn nix g'schieht, wenn s' ihn kriegen, dafür bürgt mir der Kopf Ihres Freundes.

Arnstedt. Was?

Stromberg *(zu Arnstedt)*. Der Mensch mißbraucht deine Güte, du mußt ihn entweder –

Pfrim *(zu Stromberg)*. Plausch' nit, Peppi[9] – *(sich korrigierend)* will ich sagen, sei'n der Herr Baron still! Sie müssen wissen, ich hab' allerhand in Händen. *(Mit geheimnisvoll dominierender Wichtigkeit.)* Ich bin im Besitz von Akten, Dokumenten und Testamenten –

Arnstedt *(zu Stromberg)*. Was sagt der Mann –?

Stromberg *(zu Pfrim)*. Erkläre dich deutlicher!

Pfrim. Per du? Es is die Frag', ob ich die Bruderschaft annimm. – Jetzt schaun s' alle zwei mit die Augen! *(Zu Arnstedt, auf Stromberg zeigend.)* Sie, wenn ich über den reden wollt' –

Arnstedt *(bedenklich)*. Ich begreife nicht –

Stromberg *(zu Pfrim)*. Rede, sprich, ich befehl' es.

Pfrim *(zu Arnstedt)*. Wenn ich bitten darf, ich hab' dem Herrn *(auf Stromberg deutend)* unter vier Augen etwas zu sagen.

Stromberg. Wozu? Vor meinem Freunde hab' ich kein Geheimnis.

Pfrim. So? Na, wann Sie Ihnen nicht genier'n, ich genier' mich g'wiß nit.

Arnstedt. Weiter, zur Sache!

Pfrim. Sehn Sie, ich hab' ein vielseitig gebildetes Weib. Einmal is sie Gattin, nacher Mutter, gleich drauf wied'rum

9 Redensart: Sprich keinen Unsinn.

Ammel und zur Abwechslung Krankenwärterin. So hat sie auch die verstorbene Baronin Stromberg, die Schwägerin von dem Herrn *(auf Stromberg zeigend)*, weil sie vor ihrem Tode krank war, gekrankengewart't. Eines Abends, wie die Baronin schon recht schlecht war, war sie doch noch lang' nicht so schlecht wie der *(auf Stromberg zeigend)*.

Stromberg. Pursche –!

Pfrim. Keine Bonmots[10], der Gegenstand is nicht geeignet! Eines Abends also war der *(auf Stromberg zeigend)* im Krankenzimmer und hat glaubt, die bald auf ewig Entschlafene macht noch g'schwind einen zeitlichen Schlaf, und benutzt den günstigen Augenblick dazu, aus einer Schatulle das Testament der Baronin zu stehlen.

Stromberg *(nachdem er Arnstedt bedenklich zugewunken, zu Pfrim)*. Wer hat dir solche Märchen aufgebunden?

Pfrim. O nix Märchen! Diese Erzählung is nach einer wahren Begebenheit. *(Zu Arnstedt.)* Sie, das is ein Kerl, der Herr! Macht Ihnen keine Ehre, der Freund, denn wissen S', d' Leut' sagen: »Gleich und gleich g'sellt sich gern« – mir is leid um Ihnen.

Arnstedt. Zur Sache!

Pfrim. Nur Geduld, 's kommt schon noch auf Ihnen auch. *(Weitererzählend.)* Wie der *(auf Stromberg zeigend)* mit dem geraubten Testament bei der Tür hinauswill, mußt' er am Bett vorbei, und die vermeintliche Schlafende packt ihn beim Frack, ringt mit ihm, er reißt sich los und hat entweder beim Ringen oder beim Losreißen einen Brief verloren.

Arnstedt *(erschreckend)*. Himmel –! } *zugleich*
Stromberg *(ebenso)*. Was hör ich –?! }

Pfrim *(zu Arnstedt)*. Das is nämlich der Brief *(sehr artig)*, der Ihnen als Teilnehmer an dem seine Schandtaten hinstellt.

Arnstedt. Bezähm' Er sich –

Pfrim. Sie sein auch ein lieber Herr. Ihnen zwei haben die

10 (frz.) geistreiche, witzige Bemerkungen.

Tauben z'samm'tragen,[11] na, vielleicht kriegen die Raben auch noch was z' tun. Daß ich Ihnen also weiter dien': Die Meine als Krankenwarterin kommt *(auf Stromberg zeigend)* nach Ihnen, die Baronin verlangt Tinte, Feder und Papier, schreibt ein kurz und bündiges Testament, die Meinige find't den Brief auf der Erd', die Baronin gibt beides der Meinigen mit dem Auftrag, es niemandem als dem Baron Reichthal zu übergeben, erschöpft sich und stirbt als so erschöpfter. – Na, warum schöpfen S' denn so schwer Atem, alle zwei?

Stromberg. Und diese Papiere habt *Ihr*, Freund?

Pfrim. Allemal! Seit gestern erst weiß ich drum, sonst hätt' ich's Ihnen nicht so lang g'schenkt, Sie Pensionstreicher, Sie!

Arnstedt. Und wo sind diese Papiere, lieber Freund?

Pfrim. Jetzt bin ich der Freund auf allen Seiten – die Papiere hat mein Sohn.

Arnstedt und Stromberg *(betroffen)*. Sein Sohn –!?

Pfrim. Mein Sohn. Sie sehn also, daß wir eine fürchterliche Familie sind und daß wir nicht *so* viel Respekt vor Ihnen zu haben brauchen.

Stromberg. Wo ist Sein Sohn?

Pfrim. Sie reden einen Stiefel zusamm' in der Tremarola[12]! Wenn ich das wüßt', so verlanget ich 'n nicht von Ihnen.

SECHSTE SZENE

Kommissär; die Vorigen.

Kommissär *(zur Mitte eintretend, zu Arnstedt)*. Soeben erhalte ich vom Gendarmsergeanten die Mitteilung, daß man den Sohn dieses Mannes gefänglich eingebracht.

Pfrim *(freudig)*. Juheh! Mein' Bub'n hab'n s', mein' Wende-

11 Redensart: Ihr paßt gut zusammen.
12 Angst, von ital. *tremarella*.

lin! *(Frostig zum Kommissär.)* Sie haften für charmante Behandlung!

Kommissär. Was ist das für ein Mann –?

Arnstedt *(den Kommissär begütigend).* Lassen Sie ihn, er spricht nur das etwas derb aus, was ich selbst wünsche.

Kommissär. In betreff des Gefangenen?

Pfrim. Sie werden gleich was fangen, wenn Sie –

Arnstedt *(zum Kommissär, leise).* Der Mann drückt nur seine Freude aus –

Stromberg *(zum Kommissär).* Lassen Sie doch den Pfrim junior eintreten.

Kommissär *(geht auf einen bejahenden Wink von Arnstedt staunend zur Mitte ab).*

Arnstedt *(zu Pfrim).* Und Ihr, lieber Freund, entfernt Euch hier *(nach rechts deutend)*; wir werden die Sache mit Eurem Sohn abmachen.

Pfrim. Ich werd' zu meiner Alten nach Haus gehn, ich muß s' ausmachen[13], daß sie mir die Dokumente nicht schon lang' entdeckt hat; wie ich Ihnen schon zwiefelt[14] hätt' –!

Arnstedt. Laßt das gut sein!

Stromberg. Daß Eurem Sohn nichts Übles widerfährt –

Pfrim. Na, das versteht sich von selbst. Ich hab' Ihnen ja in Händen alle zwei; in einer Hand den, in der andern den, ich stürz' euch in den Staub, ich zermalme euch – das is alles, wie mir grad der Gusto[15] kommt. Mit einem Wort, Sie werden wissen, was Sie zu tun haben, um meine Gunst nicht zu verscherzen. *(Geht stolz zur Mitte ab.)*

13 schelten.
14 gezwiebelt, zugesetzt.
15 (österr.) Geschmack, Verlangen.

SIEBENTE SZENE

Arnstedt, Stromberg.

Stromberg *(gegen den abgegangenen Pfrim)*. Narr! Das fügt sich trefflich; wir kommen nicht nur in Besitz des verhängnisvollen Briefes, sondern auch einer uns verderblichen Urkunde.

Arnstedt. Wär's nur schon geschehn!

Stromberg. Und den Minister anbelangend –?

Arnstedt. Jede Minute erwarte ich die Nachricht von seinem Ableben.

Stromberg. Welche für uns das Signal zur schleunigsten Abreise ist.

Arnstedt. Das versteht sich von selbst. Du weißt, welcher Nachfolger in Aussicht steht –

Stromberg. Ein Glück war's, daß uns Thurming mit so unkluger Zuversicht das Feld geräumt und ich meiner Mündel Adele habhaft werden konnte.

Arnstedt. Er ist zum Fürsten auf das Jagdschloß gefahren und glaubt dort gegen uns –

Stromberg. Meine Mündel kann ich überall in ein Kloster sperren und den Güterverkauf auch vom Ausland aus bewerkstelligen.

Arnstedt. Wir können alles, hätten wir nur die verwünschten Papiere.

Stromberg. Die kriegt man vom Besitzer derselben.

ACHTE SZENE

Kommissär, Wendelin; die Vorigen.

Kommissär *(Wendelin zur Mitte hereinführend)*. Hier ist der Entsprungene.

Wendelin. Dem man auf die Sprünge gekommen is.

Arnstedt. Es obwaltet hier ein großartiger Irrtum. Ihr Geschäft ist es, Herr Kommissär, uns diejenigen namhaft zu machen, die es gewagt haben, sich an diesem jungen Mann zu vergreifen.

Stromberg. Wir werden die strengste Untersuchung –

Wendelin *(ganz verblüfft, für sich).* Was is denn das –!?

Arnstedt *(zum Kommissär).* Gehn Sie!

Kommissär *(im Abgehen, für sich).* Unbegreiflich –! *(Zur Mitte ab.)*

NEUNTE SZENE

Die Vorigen ohne den Kommissär.

Arnstedt *(zu Wendelin).* Seien Sie nicht ungehalten, mein Bester –

Wendelin. Das heißt, ungehalten bin ich auf alle Fäll' – *(seufzend, für sich)* mir wär's lieber, sie halteten mich noch.

Stromberg. Wir haben Ihnen die schuldige Satisfaktion[16] gegeben.

Wendelin *(ganz kleinlaut, für sich).* O weh! Jetzt weiß ich schon wieder nicht, wem ich zug'hör'!

Arnstedt. Fürchten Sie nichts.

Wendelin. Na ja, das werden Sie mir nicht lernen, was ich zu fürchten hab'. *(Für sich.)* Den einen kenn' ich, das is der Baron Stromberg, mein Feind, der andere is der Freund von mein' Feind, und meinem Feind sein Freund müßt' doch auch mein Feind sein. – Ich muß noch was probieren. *(Laut.)* Sie haben früher wegen mir einem unschuldigen Kommissär eine halbete Nasen[17] gegeben.

Arnstedt. Was meinen Sie?

Wendelin. Nix Irrtum! Ich bin der, der im Gefängnis Finsterau angestellt war.

Arnstedt. Der sind Sie nicht.

Wendelin. Ich bin der, der dem Baron Reichthal zur Flucht verholfen.

16 (lat.) Genugtuung.
17 Verweis.

Arnstedt. Der sind Sie nicht.

Wendelin. Ich bin der, der nacher selber an einem schönen Abend von seinem Posten[18] durchgegangen is.

Arnstedt. Der sind Sie nicht!

Stromberg. Gewiß nicht!

Wendelin *(beiseite)*. Die streiten mir alles ab, *(laut)* da is ja der unglaubige Thomas nix gegen das, was Sie für zwei ungläubige Thomäse sind. Aber die Gendarmen haben mich alle erkannt.

Stromberg. Dumme Bengels –

Arnstedt. Die ihrer Strafe nicht entgehen sollen.

Wendelin *(resigniert für sich)*. Na ja, am Höllenkontrakt fehlt kein I-Dipfel, es is nur noch so eine alte Anhänglichkeit an Himmel, daß ich noch immer ins Blaue hinein nach Möglichkeiten hoff'.

Arnstedt. Sie sind für uns nichts als der Besitzer gewisser Papiere, die, für einen Baron Reichthal bestimmt, für Sie wertlos sind und nur für uns einigen Wert haben.

Wendelin. Ah! Ich kenn' mich schon aus.

Stromberg *(beiseite)*. Wäre mir nicht angenehm.

Wendelin *(beiseite)*. Wart'ts, Werkzeuge der Finsternis! Euch führ' ich doch noch hinters Licht!

Arnstedt *(leise zu Stromberg)*. Er überlegt –

Wendelin *(laut)*. Wünschen Sie vielleicht diese Papiere?

Arnstedt. Allerdings.

Stromberg. Gegen anständiges Honorar.

Wendelin. Na gut, ich hol' Ihnen s'.

Arnstedt. Sie dürfen uns nur gefälligst den Ort bezeichnen, wir senden schon danach.

Wendelin. Im Thurmingschen Haus sind s' geblieben, vermöge einem Jankerl, welches – kurzum, dort kriegt s' kein Mensch als ich.

Stromberg *(leise zu Arnstedt)*. Fatal! Sollen wir ihm trauen?

18 Wachtposten, Stellung.

Arnstedt. Wir müssen wohl.

Wendelin *(zu Arnstedt)*. Besorgen S' mir eine Livree, ich werd' sagen, ich bin in einen Dienst eing'standen und hol' mir meine vergess'nen Zeugniss' ab.

ZEHNTE SZENE

Adele; Die Vorigen.

Adele *(aus der Seitentüre links kommend)*. Ich täusche mich nicht, es ist die Stimme eines Freundes –

Stromberg. Warum verlassen Sie das Zimmer, welches ich Ihnen angewiesen? Sie zwingen mich, zu engerer Haft zu schreiten.

Adele. Mit welchem Rechte –?

Stromberg. Mit dem Rechte des Vormunds.

Arnstedt. An welchem Sie sich schwer versündigt haben, mein Fräulein.

Adele. Ich bin Thurmings Frau.

Stromberg. Ich werde diese Ehe als null und nichtig erklären.

Arnstedt *(zu Adele)*. Ich bedaure, aber eine heimliche Ehe –

Wendelin. Da hat es mit der Nichtigkeit seine Richtigkeit.

Adele. Nichts Heimliches mehr – offen will ich den Schritt vor der Welt bekennen –

Stromberg. Die Sie verdammen wird.

Adele. Ich bin sein Weib –

Wendelin *(zu Adele)*. Streiten Sie nicht über Formalitäten und sein Sie froh, daß man Sie dieser Verbindung entrissen hat.

Adele. Wie, Ihr sprecht so –?

Wendelin. Ja, ich, ich habe *eine* Milich mit Ihnen getrunken und deshalb halte ich es für meine Pflicht, Ihnen reinen Wein einzuschenken. Wenn Sie das, was Sie haben, für einen Gatten halten, dann haben Sie keinen Begriff von einem Ungeheuer des Abgrunds – wenn Sie von seiner feurigen Lieb' phantasieren, dann haben Sie keinen Begriff von ewigen Flammen – wenn Sie glauben, daß er Ihnen sanft umschlungen hat, dann haben Sie keinen Begriff von ausgestreckte Krallen – Sie starren mich an? – Ich sag' Ihnen nur soviel, Sie sind vielleicht die einzige brave Frau, die einen Mann mit Hörndln hat.

Arnstedt *(leise)*. Er spricht verrücktes Zeug, aber in unserm Interesse –

Stromberg *(ebenso)*. Der Pursche ist Gold wert.

Adele *(zu Wendelin)*. Also auch Ihr mit meinen Feinden einverstanden –!?

Arnstedt. Fügen Sie sich in das Unvermeidliche!

Adele. Triumphieren Sie nicht zu früh, vergessen Sie nicht, mein Herr, daß mein Gatte beim Fürsten selbst –

Stromberg. Nicht vorgelassen werden, viel weniger mit seiner Klage durchdringen wird.

Adele. Sie irren, wenn Sie –

Stromberg *(zu Arnstedt)*. Du wirst das Nötige verfügen. *(Geht in die Seitentüre links ab.)*

Adele. Nein, nein – Sie müssen mich hören! *(Folgt Stromberg.)*

Wendelin *(für sich)*. Sie is fürs Kloster bestimmt und weiß auch nicht, was sie will. Unbegreiflich, wie man sich spreizen kann, a Himmelsbraut zu werden, wenn man schon dem Teufel zugehört hat, das is mehr Glück, als wenn ein Millimadl einen Kurfürsten[19] kriegt.

Arnstedt. Kommt, Freund, daß ich Euch die verlangte Kleidung besorge.

Wendelin *(indem er mit Arnstedt Seite rechts abgeht)*. O Gott, wie froh wär' ich an ihrer Stell'!

19 Dialekt-Wortspiel (»Kur« wie »Kua« – ›Kuh‹ – gesprochen).

ELFTE SZENE

Pfrim, Leni.

Leni *(mit Pfrim zur Mitte eintretend).* Das wär' g'fehlt g'wesen; mein Vater is zwar ein seelenguter Mann –

Pfrim. Recht haben S'! Gute Seelen können die Portier haben, aber die Körper, die sind halt ewig grob.

Leni. Wie Sie ihm sagen, der Brief soll heimlich an Ihren Sohn ab'geben werden, so wirft er Ihnen in eine andere Gassen und tragt den Brief zum gnädigen Herrn.

Pfrim. Da bin ich einer großen Gefahr entgangen; der Himmel hat das recht weise gefügt, daß die Portier Töchter haben.

Leni. Oh, ich hab' auch Brüder. Der Vater hat ja zwei Söhne!

Pfrim. Na ja, aber das sind eigentlich keine Söhne, das sind nur junge Portier. – Jetzt sagen Sie mir zur Güte –

Leni *(nach der Seitentür rechts zeigend).* Da kommt er grad, Ihr Herr Sohn.

ZWÖLFTE SZENE

Die Vorigen; Wendelin.

Wendelin *(in einem, die gegenwärtige Livreemode parodierenden drappfarbenen*[20] *Livreekaput mit kurzer Taille und enorm langen, beinahe bis an die Erde reichenden Schößen, kommt aus der Seitentüre rechts).* Was tausend! Der Vater da?

Pfrim. Ja, ich bin so frei, und du bist ein Bedienter word'n?

Wendelin. Das hat Zwecke –

Leni *(für sich).* Wie lieb als er ausschaut in dem Rock!

Pfrim. Du, ich muß dich warnen.

Wendelin. Zu spät, wir stehen unter dem Einfluß unterer Mächte.

20 sandfarbenen.

Leni. Mir scheint, er stichelt drauf, daß ich eine Portierstochter bin. *(Laut.)* Genier' ich etwan?

Wendelin *(mit einem Blick auf Leni).* Wir sind nicht allein.

Leni. Genier' ich etwan?

Pfrim. Hm, das just nicht, aber –

Wendelin *(mißlaunig zu Leni).* Sie drängen sich da zwischen Vater und Sohn, und das kann doch unmöglich eine Unterhaltung sein?

Leni *(für sich).* Diese Sprödigkeit g'fallt mir, 's liegt so was Edles drin, die andern Männer mit dem Schmachten und Schmeicheln, das is so fad, aber der –! *(Laut.)* Ich werde später das Vergnügen haben, das heißt, *(kokett zu Wendelin)* wenn ich Ihnen nicht unangenehm bin.

Wendelin *(zweideutig).* Ja, später.

Leni *(im Abgehen für sich).* Das is ein lieber Mensch! *(Geht durch die Mitteltüre ab.)*

DREIZEHNTE SZENE

Wendelin, Pfrim.

Pfrim. Du wirst schon g'merkt haben, Sohnerl, wir hab'n 's hier mit ein' paar Bösewichter zu tun.

Wendelin. Na ob!

Pfrim. Die Bösewichter haben das Gute, daß sie sich so häufig durch Schriften blamieren.

Wendelin. Mit solche Papiere kann man sie beherrschen, martern, razen[21] – was man will.

Pfrim. Das hat deine Mutter auf 'n G'wissen, wir wär'n ja gar nie ang'standen auf 'n Teufel.

Wendelin. Jawohl! Aber wie jetzt die Aktien stehn, woll'n wir wenigstens die Frevler zermalmen.

Pfrim. Mit was denn?

Wendelin. Mit die Papiere.

21 reizen, necken.

Pfrim. Ja, hab'n wir s' denn?
Wendelin. In mein' Jankerl –
Pfrim. Is der Baron Reichthal auf und davon!
Wendelin. Na, dann sind die Papiere in die rechten Händ'.
Pfrim. Aber wir zwei könnten da in unrechte Händ' kommen. Nix wird leichter wütend als ein g'foppter Bösewicht. Die Wut sucht Opfer, da wär'n wir grad recht dazu. Drum les' g'schwind den Brief, und dann, chassé passé![22]
Wendelin. Von wem –?
Pfrim. Vom Baron Reichthal.
Wendelin *(liest).* »Lieber Wendelin! Die Schriften, die mir ein glücklicher Zufall durch deine Jacke in die Hände gespielt, setzen mich in den Stand, meine Feinde zu entlarven, zu vernichten.«
Pfrim. Was, glücklicher Zufall! Das Jankerl war's!
Wendelin *(zitternd, nachdem er im stillen weitergelesen).* O weh – Vater –!
Pfrim. Was is dir denn?
Wendelin. Jetzt kommt was Abscheuliches.
Pfrim. Hör' auf, ich will sagen: Fang an, les!
Wendelin *(weiterlesend).* »Der Gemahl meiner Nichte –« auweh!
Pfrim *(ungeduldig).* Na –?
Wendelin. Das is ja der Teufel.
Pfrim. Unglaublich!
Wendelin. Was is *dem* nicht möglich; er hat die Gestalt des Oberrichters angenommen.
Pfrim. Nicht möglich!?
Wendelin. Na, ich werd' doch wissen, wer mir erschienen is. Aber jetzt hör' der Vater. – *(Weiterlesend.)* »Der Gemahl meiner Nichte sagte mir, daß du ihm ergeben bist, und gibt dir den Auftrag, seine Gemahlin in aller Stille zu deiner Mutter zu bringen. Heute nacht wird er erscheinen, sie abzuholen –«

22 Von frz. *chassez! passez!*, eine Wendung beim Tanz ankündigend.

Pfrim. Das is gräßlich –!

Wendelin *(weiterlesend).* »Und auch dich –« *(sprechend)* das bin nämlich ich – *(weiterlesend)* »will er auf immer den Seinen nennen.« *(Spricht.)* Mir klappern die Zähn'.

Pfrim. Mir schnappen die Knie zusamm' –! *(Beide drücken in sprachloser Pantomime die höchste Angst aus.)*

Wendelin. Wir haben keine Zeit bestimmt im Kontrakt; er kann mich jede Minuten holen.

Pfrim. Und ich hab' glaubt: zehn Jahr'! Was fangen wir an?!

Wendelin. Fort, auf die Pilgerfahrt, da gibt's kein anderes Mittel!

Pfrim. Das is recht, so entgehst du dem Beelzebub, und ich komm' per Rekreation[23] auf a Weil' von meiner Alten los. *(Eilt zur Mitte ab.)*

VIERZEHNTE SZENE

Wendelin.

Wendelin. Aber so g'schwind! Daß er mich heut' schon holt – so indiskret hat er sich noch gegen niemand benommen. Wie haben die alle die Welt genossen, die satansbündigen Ritter,[24] diese Don Juans, diese Doktor Fäuste – und nur ich –! Sonst heißt's ja immer: »Leben, Taten und Höllenfahrt«[25] – und ich hab' nicht gelebt, ich hab' nichts getan, und doch – ich komm' gar so als Unschuld in die Höll'. Schauderhaft!

23 (lat.) Wiederherstellung, Erholung.
24 Rommel nennt als Prototyp der »satansbündigen Ritter« Rudolf von Westernburg, den Helden des von Karl Friedrich Hensler dramatisierten Geisterromans *Das Petermännchen* (1791–92) von Karl Spieß; Roman und Dramatisierung seien im Vormärz allgemein bekannt gewesen.
25 *Fausts Leben, Taten und Höllenfahrt* (1791), Roman von Friedrich Maximilian Klinger.

FÜNFZEHNTE SZENE

Leni, Wendelin; später Pfrim und Portier.

Leni *(durch die Mitte eintretend).* Is es erlaubt –? *(Für sich.)* Keine Antwort is auch eine. *(Tritt näher.)* Was is das? Eine finstere Stirn – düstre Gedanken? Is Ihnen die Geliebte untreu word'n?

Wendelin. An was erinnern Sie mich?! Sie sind ein Frau'nzimmer –

Leni. Aufzuwarten.

Wendelin. Sie werden am besten wissen, wie das is. Kann einem eine nach 'n Tod noch treu sein?

Leni. Da müssen S' eine fragen, der schon einer g'storben is, und nicht a Mädl, die heut oder morgen erst fühlen wird, was erste Liebe heißt.

Wendelin. Ah, so is das? Nehmen Sie's nicht übel –

Leni. Übelnehmen? Ihnen was übelnehmen? Das brächt' ich gar nicht übers Herz –

Wendelin. Dieser Seufzer – dieser Blick –?! Ich glaub' gar –

Leni. Was is Ihnen denn?

Wendelin. Darf ich um den werten Namen bitten?

Leni. Leni heiß' ich.

Wendelin. Leni? Das is Verstellung! Gestehn Sie's, Sie heißen Helene[26] –!

Leni. Nein, Magdalena.

Wendelin *(kopfschüttelnd).* Magdalene war eine Büßende.

Leni. Das kann ich auch noch werden.

Wendelin. Und – was is das?! Meiner Seel', ich riech' ein' Schwefel, einen unbändigen Schwefel! – Geht schon z'samm. Ich hab' früher von meiner Unschuld g'red't – hast es nicht g'sehn, is die Verlockerin da. Weiche von mir!

26 Rommel: Helene heißt in F. A. Klingemanns beliebtem Drama *Faust* (1815) die dämonische Verführerin, die, von der Hölle entsandt, Faust zu immer neuen Freveltaten anstachelt. Nestroy hat Szenen aus diesem Drama schon früher in dramatischen Quodlibets verwendet.

Du bist ein Trugbild aus höllischem Dunst! Kein Zweifel, verführen will man mich –! Das is eine höllische Idee!

Leni *(beiseite)*. Ich kenn' mich nicht recht aus – *(Laut.)* Gehn S', Sie machen eim völlig Angst.

Quodlibet[27]

Leni. Alles biete ich dir an,
O Trauter, komm und sei mein Mann.
Gehörten Indiens Schätze mein,
Ja, wär' ich König dieser Welt,
Die schönste Perl' im Diadem
Wärst du allein, wärst du allein.

Wendelin. Sie geht sehr scharf drein, die Beelzebubischi,
Sie denkt sich, na wart', dich erwisch' i!
Es nutzt dir nix, höllische Leni,
Du plagst dich umsonst, schad' um die Müh'.

Leni. Schaun S' nit gar so drein,
Tun S' nit trauri sein,
Sagen Sie mir, was fällt Ihnen ein.

Leni. Wir sind ganz allein,
Sei'n S' galant und fein,
Schlagen Sie jetzt ein.
Wendelin. Schwefeldunst allein
Dringt auf d' Brust mir ein,
's müßt' nur Phosphor sein.
} *beide*

Leni. Fühlten Sie denn noch nie Liebesschmerzen,
Die so süß durchglühn die Herzen?

27 (lat.) was beliebt; Zusammenstellung beliebter Musikstücke, z. T. mit neuem Text. Das Quodlibet kann als Opernparodie fungieren, ermöglicht musikalisch-szenisches Geschehen und bietet einen Ruhe- und Sammelpunkt in der Komödienhandlung. Nach Ernst Hilmar (»Die Nestroy-Vertonungen in den Wiener Sammlungen«, in: *Maske und Kothurn* 18, 1972, S. 63, Anm. 109) liegen diesem Quodlibet folgende Musiknummern zugrunde: Adolf Müller, *Die Verlobung vor der Trommel*; Gaetano Donizetti, *Lukrezia Borgia*; Wolfgang Amadeus Mozart, *Die Zauberflöte*; Steirischer Ländler; Spanischer Marsch; La Mora di Castiglione (?); Quadrille; Vincenzo Bellini, *Somnambula*; Gaetano Donizetti, *Belisar*; Michael William Balfe, *Die Zigeunerin*; Giuseppe Verdi, *Ernani*; Friedrich von Flotow, *Martha*; Straußwalzer; Fiaker-Tanz.

Wendelin. Diese junge Teuf'lin spricht noch von Herzen,
Fräul'n Helene, sonst hab'n S' keine Schmerzen?
Leni. Er hat kein Gefühl, das is gewiß,
Schad', daß er so sauber[28] is,
Er hat kein Gefühl –
Leni. Er hat kein Gefühl, das is gewiß,
Schad', daß er so sauber is.
Wendelin. Ja, ja, das is gewiß,
Daß sie a junge Teuf'lin is. } *beide*
Pfrim *(tritt zitternd ein).*
Wendelin und Leni. Was ist's denn?
Was hab'n S' denn?
Was is's,
Dieses Beben?
(Pfrim will sich setzen, fällt auf die Erde neben den Stuhl.)
Ha, daneben!
Sagen S' uns doch, was 's is?
Pfrim. Das Bildnis is bezaubernd schön,
Wann die Portiers beim Tor in Gala stehn,
Ich fühl' es – ich fühl' es –
Doch wenn das Götterbild
Zum Grobwerd'n anfangt,
Wird's wild –
Leni. Mein Papa –
Wendelin. Ihr Papa!
Leni. Is so resch[29]!
Wendelin. Is so resch!
Leni. Im Dienst ist er allweil so –
Wendelin. Ja, er war mit mir auch a so. } *beide*
Leni. Machen Sie –
Wendelin. Machen Sie –
Leni. Sich nichts daraus, ein seelenguter Mensch is er do!
Wendelin. Sich nichts daraus, 's is halt a so –

28 hübsch.
29 rauh, grob.

Alle drei. Lo lo lo lo.
Portier *(tritt auf)*.
Ich hab' ihn g'sehn, er is über d' Stiegen herauf'kraxelt,
Doch ihn ereilt mein Stock.
Ha, mein Kind! Und der Mensch in dem ellenlangen Rock!
Pfrim, Wendelin und Leni. Ach Gott!
Die Not!
Er droht!
Portier. Da ist er ja, hast du ihn vielleicht herauf'zaxelt[30],
Der Vater spricht zu dir.
Reiz' mich nicht, sonst erwachet in mir der Portier.
Leni. Da wird eim völlig entrisch –
Wendelin, Pfrim und Portier. Entrisch!
Alle vier. Ja, entrisch.
Da setzt's noch Fisch[31].
Leni. Da wird eim völlig entrisch.
Alle. Ja, entrisch!
Leni. Wenn ich nur nix dawisch'
Alle. Dawisch'.
Leni. Ich les' in seinem G'sicht!
Alle. Im G'sicht?
Verflixte G'schicht –
Leni. Ich weiß, er schenkt mir's nicht.
Alle. Ihr's nicht,
Daß sie weiß von dieser G'schicht.
Leni, Pfrim und Wendelin. Ich bin still,
Red', wer will,
Mir steigen schon die Grausbirn' auf,[32]
Er kommt uns ganz gewiß noch drauf.
Ich bin still, red', wer will etc.
Wendelin. Willst verschließen
Gefühlen süßen

30 heraufgezogen.
31 Prügel.
32 Redensart: Ich bekomme Angst.

's Herz, du Soltel[33] auf zwei Füßen,
Knurrst die Leut' an
Und hast dein' Freud' dran,
In deiner Herrschaftshaus-
Anlümmelungs-Permanenz.

Portier. Ich bin sonsten in der Regel
Ein ausgemachter Flegel,
Wie erklär' ich mir das,
Meine Augen werden naß,
Tochter, komm in meinen Arm,
An das Vaterherz so warm,
Meine Tochter, meine Leni.

Alle. Lo lo lo lo.

Portier. Ich bin reich jetzt wie ein Köni.

Alle. Lo lo lo lo.

Leni. Welche Seligkeit strömt durch meine Brust
Und erfüllt mein Herz, füllt mein Herz mit Götterlust.
Ja, 's fehlt zu meinem Glück
Nur von ihm ein Blick,
Von ihm, ja von ihm ein Blick!

Alle drei. 's Madl freut si,
Selig schreit sie,
Soll'n das Kindestriebe sein?
's scheint, 's fallt ihr gar nit ein.

Leni. Ja, ein Blick von ihm, von ihm wär' Seligkeit.

Alle drei. Sollen das die Kindestriebe sein?
's scheint, 's fallt ihr gar nit ein.

Pfrim. 's is a Freud',
Die is g'scheit,
Sie zielt mit den Blicken,
Weiß in Eil'
Pfeil auf Pfeil
Aus dem Aug' zu schicken.
Ohne Ruh'

33 Sultan, beliebter Hundename.

Immerzu
Tut sie kokettieren,
Lauert schlau,
Zielt genau,
Will mein' Sohn verführen.
Aber das verschmitzte Kind
Nicht so g'schwind ihn gewinnt,
Das verschmitzte Kind
Nicht so g'schwind ihn gewinnt.

Alle. Ja, ich (sie) fanget ihn nicht so g'schwind.

Alle vier. Ich tät' gern drum was geben,
Wüßt' ich, was wir erleben,
Wie wird alles sich noch wenden,
Wie wird sich die G'schicht' noch enden.

Leni. Lo lo lo.

Alle vier. Fragen wir nicht, was geschicht,
Kümmern wir uns um das nicht.
Denn morgen ist auch noch ein Tag,
Drum lass'n wir auf morgen die Plag' –
Lo lo lo.

Portier. Jubel schreit und springt man –

Pfrim, Wendelin.
Wer nicht benutzt den Augenblick der Freud',
G'hört unter die Narren und wird niemals nit g'scheit.
Lacht eim so 's Herz im Leib lustig und froh,
Wünscht man sich, wär' es nur alleweil so!

Verwandlung

Waldige Gegend auf einer Anhöhe, die im Hintergrunde sich lichtet und die Aussicht auf eine, in einiger Entfernung liegende große Stadt bietet. Rechts im Vordergrund ist ein Bauernwirtshaus. Es ist Abend.

SECHZEHNTE SZENE

Thurming, Reichthal, ein Gendarmerieoffizier.

Reichthal *(der eine Schrift überflogen hat).* Die Depesche enthält nur die Bestätigung von dem Ableben des Ministers wie auch die uns bereits bekannte Wahl seines Nachfolgers, welche eben in der Residenz kundgemacht wird.

Thurming *(zum Offizier).* Sie haben somit Ihre Instruktion, Stromberg und Arnstedt werden arretiert.

Offizier. Jedoch hab' ich den Einbruch der Nacht abzuwarten.

Thurming. Um jedes Aufsehen möglichst zu vermeiden; Ihre Truppen befinden sich in der Nähe?

Offizier. Die Mühle dort unten wurde zum Stationsplatze des Piketts[34] eingerichtet.

Thurming. Wollen Sie also die nötigen Ordre[35] geben! *(Thurming geht mit Reichthal rechts in die Waldschenke, der Offizier im Vordergrunde links ab.)*

34 (frz.) kleine Abteilung Soldaten.
35 (frz.) Befehl.

SIEBZEHNTE SZENE

Pfrim, Wendelin.

(Im Orchester beginnt eine im Kirchenstil gehaltene Musik, während welcher Pfrim und hinter ihm Wendelin von links aus dem Hintergrunde auftreten. Pfrim hat auf seinen gewöhnlichen runden Hut zwei große Muscheln[36] *geheftet. Wendelin trägt die Livree und auf dem Hute statt der Kokarde*[37] *eine große Muschel. Außerdem trägt Pfrim ein Fäßchen auf dem Rücken und einen Pilgerstab in der Hand. Wendelin trägt an einem Stock ein Bündel über der Schulter. Wenn beide bedächtig nach dem Vordergrunde geschritten sind, endet die Musik.)*

Pfrim. Die Stadt haben wir schon weit hinter uns!

Wendelin. Und die heilige Stätte, nach der wir pilgern, noch viel weiter vor uns.

Pfrim *(nach dem Wirtshaus deutend).* Hier wär' auch eine Stätte.

Wendelin. Das is a Wirtshaus.

Pfrim. Glaubst du, dein Vater kennt das nicht? Wenn wir nur nicht irr' gehn. Sollen wir nicht fragen da drin, ob das der Weg nach Rom is?

Wendelin. Ich weiß ja alles. Von uns vis-à-vis[38] hat ein Bildermann[39] sein Standl, der auch Landkarten verkauft, den hab' ich g'fragt. Wenn man von unten aus Deutschland hinauskommt, steht man an die Berg'!

Pfrim. Da stehn wir dann da als wie die Pilger, die nicht weiter wissen.

Wendelin. Wer sagt denn das? Die Berg' heißen die Alpen.

36 Die Muschel symbolisiert im Christentum das Grab, aus dem der Mensch am Jüngsten Tag auferstehen wird, hier wohl Zeichen der Buße, um Erlösung zu erlangen.

37 (frz.) Abzeichen an der Uniformmütze.

38 (frz.) gegenüber.

39 Krämer, der mit Bildern handelt.

Pfrim. Ah, das is da, wo die Sirennerinnen[40] – *(sich korrigierend)* will ich sagen, die Sennerinnen sind; da müssen wir uns in acht nehmen, daß wir keine Zeit vertrantschen.

Wendelin. Dann geht's über die wällische Grenz' und allweil fort durchs Wällische[41], bis man endlich Italien betritt. Da kommen einem dann die Abruzzen entgegen.

Pfrim. Da stehn wir nacher wieder an Berg.[42] Daß uns das so oft passiert! Ich möcht' wissen, was das Schicksal dadurch andeuten will.

Wendelin. Dann hört man auf einmal den ganzen Tag zwölfe läuten, und man is in Rom.

Pfrim. Jetzt haben s' grad achte geläut't; ob wir nicht a bissel einkehren sollten – da, schau das Wetter, was aufzieht.

Wendelin. Das is ja über der Stadt – der Teufel glaubt, dort find't er mich –! *(Es donnert in Entfernung, ein schwacher Blitz, noch über der Stadt, erhellt die etwas dunkel gewordene Gegend.)*

Pfrim *(beklommen)*. Du, kommt dir nicht vor, als ob sich's Wetter daherziehet von der Stadt?

Wendelin. Ja, ja, er muß a Spur haben. Da derfen wir schon gar nicht einkehren; er kommt gern durch die Fenster herein, und auf der Pilgerfahrt kann er uns doch nicht so leicht zu.

Pfrim. Du hast recht, aber laß dich ja nicht mehr ein auf so was.

Wendelin. Na, ich bin g'witzigt. Die Ängsten haben mir ja mehr als dreißig Dukaten an der Gesundheit ruiniert. *(Es blitzt und donnert stärker.)*

Pfrim. Gehn wir! Ah, eine Pilgerschaft ohne Einkehren, das is was Schreckliches.

40 Anspielung auf Sirenen, griechische Mythengestalten, die Vorbeifahrende durch ihren Gesang anlocken und töten.

41 Italienische; gemeint ist hier die Sprachgrenze, wie aus der folgenden Nennung des politischen Begriffs »Italien« deutlich wird.

42 Redensart: ratlos sein, nicht weiter wissen.

ACHTZEHNTE SZENE

Rosalie; die Vorigen.

Rosalie *(im Reisekleid, mit grünem Schleier)*. Mein, der Berg, ich hab' fast kein' Atem mehr. *(Wendelin erblikkend.)* Was is das? Täuscht mich die Dunkelheit oder blend't mich der Blitz – Wendelin! –

Wendelin. Du bist da, Rosalie –?

Rosalie. Ich begreif' dich nicht – aber gut, daß ich dich find'. Meiner Gebieterin droht Gefahr, ihr böser Vormund führt s' über die Grenz', sie is verloren, wenn ich nicht ihren Gemahl –

Pfrim. Den finden Sie auf 'n fürstlichen Jagdschloß.

Rosalie. Wenn ich zu Fuß hinlauf', komm' ich zu spät. Mein' Landkutscher seine Pferd' werden scheuch vorm Blitz, und ihn selber blendet's so, daß er hat umkehren müssen. G'schwind, Wendelin, besorg' mir Pferd' und Wagen.

Pfrim. Lassen Sie ihn, schaun Sie diese heilige Physionomie an, er befaßt sich nicht mehr mit irdene Gegenstände, er pilgert an eine Stätte –

Rosalie. In Narr'nturm[43] soll er pilgern, da g'hört er hin. *(Die Schenke erblickend.)* Da is ein Wirtshaus, da krieg' ich Pferd' und Wagen. *(Zu Wendelin.)* Mit uns is es aus, lächerlicher Fanatiker! *(Geht ins Wirtshaus ab.)*

43 Turmartiges Gebäude des Allgemeinen Krankenhauses in Wien, das als Irrenhaus diente, vgl. die Abb. bei Richard Groner, *Wien wie es war*, Wien 1919, S. 212.

NEUNZEHNTE SZENE

Pfrim, Wendelin, dann ein Schmied.

Wendelin. Ich hab' mich bezwungen und hab' nix g'red't mit der Sali, jetzt müßt' der Himmel doch auf 'n Kopf g'fall'n sein, wenn er's nicht merket, daß ich bußfertig bin. *(Es blitzt und donnert stärker.)*

(Im Orchester beginnt charakteristische Musik, welche das Folgende begleitet.)

Pfrim *(in die Szene nach links zeigend)*. Du, da schau! Da kommt wer! *(Beide weichen ein paar Schritte zurück und beobachten den Schmied, welcher auftritt, mit großen Augen.)*

Ein Schmied *(im Werkstattanzug und mit etwas geschwärztem Gesicht tritt von links auf und geht nach rechts über die Bühne)*. Schön'n guten Abend, meine Herrn.

Pfrim und Wendelin *(mit unheimlicher Scheu, dumpf murmelnd)*. Guten Abend.

(Der Schmied geht in die Waldschenke ab.)

Pfrim. Hast 'n g'sehn?

Wendelin. Das haltet ein andrer Mensch für einen Schmied.

Pfrim. Wir wissen's besser. Es war eine Erscheinung.

ZWANZIGSTE SZENE

Pfrim, Wendelin, dann ein Kohlenbrenner und ein Rauchfangkehrer.

(Blitz und Donner.)

Wendelin *(nach links deutend)*. Da schau' der Vater her!

Pfrim. Hinter die tausendjährigen Eichen fangt's zum Wurl'n[44] an.

44 Wimmeln.

Wendelin. Es zeigen sich Gestalten – *(Der Kohlenbrenner und der Rauchfangkehrer treten von links im Gespräch auf.)*

Der Kohlenbrenner. Ich hab' das gern, wenn's recht blitzt.

Rauchfangkehrer. Wann's nur wo einschlagen tät, ich fahr' gern durch die Flammen.

Beide *(zu Pfrim und Wendelin)*. Schön' guten Abend, meine Herrn.

Pfrim und Wendelin *(murmeln mit fast vor Schreck erstickter Stimme)*. Guten Abend!

Wendelin *(leise zu Pfrim)*. Bleiben alle auf einer Red'! *(Der Rauchfangkehrer und Kohlenbrenner sind in die Waldschenke gegangen.)*

EINUNDZWANZIGSTE SZENE

Pfrim, Wendelin.

Pfrim *(sehr ängstlich)*. Um alles in der Welt! Was wird denn das werden?

Wendelin *(aufs höchste erregt)*. Die Erscheinungen werden immer schrecklicher – Unholde umkreisen mich –!

Pfrim. Da drin *(nach der Waldschenke deutend)* muß die Geisterherberg' sein. *(Es blitzt und donnert stärker.)*

Wendelin. 's Wetter wird immer ärger!

Pfrim. Ich schwitze Todesschweiß.

Wendelin. Ich werd' gleich umfallen.

Pfrim. Die Tür geht auf –!

Wendelin. Er is's –! Er holt mich –! Der Teufel – ah!

Pfrim. Ah!! *(Blitz und äußerst heftiger Donnerschlag, Wendelin und Pfrim fallen auf das Gesicht zu Boden. Hier endet die Musikbegleitung.)*

ZWEIUNDZWANZIGSTE SZENE

Die Vorigen; Thurming, Reichthal, Rosalie, Schmied, Kohlenbrenner, Rauchfangkehrer.

Thurming. Nur hinab zum Kreuzweg.

Kohlenbrenner. Wir fliegen wie das wilde Heer[45]!

Rauchfangkehrer, Kohlenbrenner, Schmied. Hinab! *(Eilen links ab.)*

Pfrim und Wendelin. Auweh! Auweh!

Reichthal *(beide erblickend).* Was ist das –!?

Thurming *(zornig zu Wendelin).* Hab' ich dich! Du –!

Wendelin *(jammernd).* Mein' arme Seel'! Er hat s' in die Krampeln[46]!

Pfrim. Apage[47]! Hilfe! Auweh!

Thurming *(zu Wendelin).* Du wolltest fliehen und mir nicht einmal Kunde geben von der Gefahr, in welcher meine Gemahlin schwebt?

Rosalie. Scham dich, Wendelin, bis die Ewigkeit grau wird.

Wendelin *(sich nach und nach aufrichtend).* Ja, aber –

Pfrim *(aufstehend).* Ich kann nix davor, ich hab' mein' Sohn nach Rom begleit't.

Reichthal. Ja, sagt mir, plagt euch der Satan!?

Wendelin und Pfrim. Unendlich!

Thurming *(zu Reichthal).* Kommen Sie, Freund, mich foltert tödliche Angst! *(Will mit Reichthal links ab.)*

Reichthal. Welch ein Tumult! Die Menge Leute, die durchs Dickicht brechen –

Thurming. Himmel! Adele! *(Stürzt zur Seite links ab.)*

Reichthal *(folgt ihm).*

45 Nach germanischem Mythos das Heer der Geister (Toten), das nachts durch die Lüfte jagt.
46 Krallen.
47 Nach den Worten Christi (Mt. 4,10): »Weiche von mir, Satan!«

DREIUNDZWANZIGSTE SZENE

Pfrim, Wendelin, Rosalie.

Wendelin *(der mittlerweile von Rosalien Aufklärung erhalten und einigermaßen zur Vernunft gekommen ist).* Das wär' also richtig der Oberrichter gewesen, der mir durchs Fenster erschienen –? Glaubst richtig?

Rosalie. Alles is richtig bis auf dein' Kopf.

Pfrim. Also wär' das die Möglichkeit –!?

Wendelin. Und die ganze Teufelei war eine Einbildung?

Pfrim. Aber hab' ich's nicht gleich g'sagt? *(Während dieser Szene erhellen sich die Häuser der im Prospekte in der Entfernung sichtbaren Stadt, so daß man selbe gegen den Schluß in voller Illumination erblickt.)*

VIERUNDZWANZIGSTE SZENE

Die Vorigen; Thurming, Adele, Reichthal, Stromberg, Arnstedt, Gendarmen, der Offizier.

Thurming. Geliebtes Weib! *(Führt die halb ohnmächtige Adele von links auf die Szene.)*

Adele. O mein Emil!

Reichthal. Teure Nichte!

Rosalie. Meine gnädige Frau!

Adele *(zu Thurming).* Gerettet und in deinen Armen – welch übergroßes Glück!

Offizier *(zu den Gendarmen, mit welchen er von links auftritt).* Die beiden Gefangenen werden einstweilen in jenem Hause *(nach der Waldschenke zeigend)* bewacht. *(Man sieht Stromberg und Arnstedt, von Gendarmen dicht umringt, in das Haus führen.)*

Pfrim. Kein' Pardon mit die Bösewichter!

Rosalie *(zu Wendelin).* Du kriegst auch kein' Pardon!

Wendelin. Wenn ich aber bitt'! *(Zu Thurming.)* Euer Gnaden, ich bitt' um Fürbitt', ich hab' Ihnen zwar für einen wirklichen Teufel gehalten –

Thurming. Und ich habe mich überzeugt, daß du ein dummer Teufel bist, für den aber von mir gesorgt und gegen den Rosalie nicht hart sein wird.

Wendelin. O Gott –! *(Küßt Thurming und Rosalien die Hand; sich flehend gegen Rosalie wendend.)* Rosensalie! Pardon!

Pfrim *(gegen die illuminierte*[48] *Stadt zeigend).* Ah! Ah! Da schaun S' her!

Wendelin. Die ganze Stadt illuminiert!

Pfrim. Für gewöhnlich bin ich's nur allein.

Adele *(zu Thurming).* Was bedeutet das?

Thurming. Die Residenz gibt ihre Freude über die neue Ministerwahl kund.

Wendelin. A so, ich hab' glaubt, das is unserer Vermählung zu Ehren. Sali! Ich bin dein!

Rosalie. Auf ewig!

Wendelin. Nein, vorderhand nur. auf zeitlebens, das »ewig« mahnt mich an die Teufelskontrakt'. Bis jetzt hab' ich mir's nur eingebild't, daß ich dem Satan zugehör', ich hoffe nicht, daß du es zur Wirklichkeit machst.

(Musik fällt ein, unter passender Gruppe fällt der Vorhang.)

Ende

48 (lat.) festlich beleuchtete; Wortspiel mit der folgenden Äußerung Pfrims (*illuminiert* ›betrunken‹).

Anhang

MONOLOG-ENTWÜRFE

Im Nachlaß Nestroys fanden sich Entwürfe zu einem Monolog, der vermutlich als Wendelins Auftrittsmonolog in I,7 gedacht war. Die Reflexionen berührten Tabus der Theaterzensur, so daß Nestroy wohl darauf verzichten mußte, das Konzept zu vollenden. Ansätze zur Weiterführung finden sich im zweiten Entwurf. Gedanken aus den Entwürfen hat Nestroy wenig später für das »Schicksals«-Couplet in *Sie sollen ihn nicht haben oder Der holländische Bauer* (Uraufführung 12. 1. 1850) verwendet.*

ERSTER ENTWURF

Auf der Stieg'n bin ich an ein Menschen angstoßen das war wohl anstößig aber nicht stark und da hat er stark Dummer Kerl g'sagt wenn der Mann ein Wahrsager wär, so hätt ich doch noch Aussicht auf a Glück. Ich stell jetzt mit Gwalt Alles dumm an, und rechne deßweg'n auch die Tag auf ein Terno.

*(Lotterie Abschaffen)***

Wenn die Dummheit in der Regel mehr Glück hat als die Weisheit, so is es schon gleich eine Dummheit wenn man nach Wahrheit trachtet. – Glücklich seyn möcht doch jeder, der Dumme wie der G'studierte. – – – Der G'studierte wünscht sich manchmal dumm zu seyn, der Dumme hingegen wünscht sich nie g'scheit zu seyn, denn er glaubt ohnedem, daß er's is, und bekanntlich is ja der Glauben das, was selig macht; währenddem bekanntlich das Wissen ebenso bekanntlich nur Kopfweh macht.

* Textvorlage der im folgenden abgedruckten Entwürfe: Johann Nestroy, *Gesammelte Werke*, hrsg. von Otto Rommel, Bd. 5, Wien: Anton Schroll & Co, 1949, S. 704–708 (Erster Entwurf), S. 708 f. (Zweiter Entwurf), S. 712 f. (»Schicksals«-Couplet). – Die erstmals vollständige Transkription der Monolog-Entwürfe bietet Bd. 27/II der Historisch-kritischen Ausg., hrsg. von Jürgen Hein, Wien 1996, S. 173–188.

** Hierzu gehört vielleicht folgender Aphorismus aus dem Nachlaß: »Man redet gegen die Lotterie, ohne zu bedenken, daß sie die einzige Spekulation der Armen ist. Die Lotterie verbieten, dem das Reich der Träume verwehren, dem die Wirklichkeit ohnedies nichts geboten.« (Johann Nestroy, *Sämtliche Werke*, hrsg. von Fritz Brukner und Otto Rommel, Bd. 15, Wien 1930, S. 684.)

Ich weiß, daß ich verheirath't bin, das macht mir Kopfweh; wie seelig wär ich wenn ich glauben könnte meinem Kopf drohe kein Weh.
Ich weiß, daß ich Schulden hab das geht mir in Kopf herum und thut mir weh. Wenn ich glaubn könnt meine Gläuber werden vergessen auf mich, ja das thät mir so wohl.
Ich weiß, daß der politische Horizont voll Nebel is, daß Hagel und Ungewitter droht, ein politischen Kopf thut das weh; – hingegen wenn ich glaub'n könnt', daß das Silber nur deßwegen verschwindet, um einem goldenen Zeitalter Platz zu machen, wie seelig wär so ein Glauben, und wie thät er ein wohl.
Ich geh jetzt nach Paris. Wenn's mich dort bös' machen, is mein Glück gemacht, denn im Zorn bin ich ein Socius, und kann dann auf Unterstützung der Sozialisten rechnen.
Sonderbar grad an dem Ort wo die Seine zu Haus is, wollen sie das Sein nicht anerkennen oder, is die Anerkennung zu stark, das Sein des andern als ihr Sein.
Paris war immer eine Weltstadt, jetzt aber is es auch eine interessante Naturmerkwürdigkeit, denn trotz seiner flachen trockenen Lage hat es doch den größten Berg und den sonderbarsten See, der Berg is in der Nationalversammlung, der See versammelt vieles Nicht-Nationales und heißt Elysée.
Ich werde mein jüngstes Schicksal ganz nach dem alten Stundenplan einer strengen halbjährigen Prüfung unterziehn.
Schreckliche Prüfung wo's keine erste und zweyte Classe gibt, wo sich's rein nur handelt um dritte oder um Eminenz.
Ich bin einer von die, die man arme Teufeln heißt warum, das weiß ich nicht, offenbar muß es unter die Reichen gar so viele Engeln geben, das weiß ich wohl auch nicht, [aber es muß wohl so seyn, sonst könnte man doch die Armen nicht mit dem Spitznahmen arme Teufeln beleg'n[1].]
Vergnügungen kosten Geld, der Arme hat kein Geld, folglich hat er kein Vergnügen. Kein Wunder, wenn der Arme ein Mißvergnügter is. Mißvergnügter, Verschworner und Revolutionär, das sind Geschwisterkinder ... Revolutionairs stürmen in der Regel gegen die irdischen Regierungen an. Das is mir zu geringfügig, ich suche das Übel tiefer oder eigentlich höher, ich revoltiere gegen die Weltregierung, das heißt gegen das, was man eigentlich Schicksal nennt, ich trage einen unsichtbaren Calabreser mit einer imaginären rothen Feder, die

1 Variante: Man sagt auch armer Narr, warum das? Wenn der Arme ein Narr, es muß offenbar unter den Reichen lauter G'scheidte geb'n.

mich zum Giganten macht; Giganten waren antediluvianische Studenten, sie haben den Chimborasso und Lepoldiberg aufeinandergestellt . . . und sie haben Barrikaden gebaut, um den Himmel zu stürmen. Das war so eine Idee, dabei schaut doch was heraus, den gräulichen Absolutismus des Schicksals vernichten, das Verhängnis constitutionell machen, daß es Rechenschaft ablegen müßt, sowohl über Verschleuderung als Verweigerung seiner Gaben[2].
Und wann's auch – was bey allen solchen Unternehmungen der Fall is – mißlingt, so bleibt es doch ein schönes Bewußtseyn, dem Schicksal ins Gesicht gesagt zu haben, daß das Leben so vieler nichts ist als ein beständiges Wandeln durch Triumphbogen der freudigsten Überraschungen, während Millionen Gleichberechtigte nur dazu da sind, um die Grabschriften ihrer Hoffnungen zu zählen.
's Schicksal hat alles, was die von ihm beherrschten Menschen empören muß[3]. Es gibt wohl viele, die 's mit Geduld ertragen, das sind eigentlich recht die G'scheidten, die einsehen, daß es umsonst, und daß ohnmächtige Empörung immer lächerlich ist; aber deshalb sind sie doch immerhin sanfte Aufrührer, servile Revolutionäre, zarte Proletarier.
Der größte Fehler des Schicksals ist sein Zopf. Wir haben a dato das nehmliche Schicksal, was vor 2000 Jahren schon zu nix z'brauchen war, als bey die altgriechischen Trauerspiel den bösen Zauberer abzugeben. Wie paßt das für heutzutag [in diese Zeit], wo der Mensch statt demüthig auf die Nasen zu fallen, lieber den Kopf zurückwirft und fragt: Warum? Das Schicksal ist Aristokrat der strengsten Haltung. Außerdem hat es auch die schöne Eigenschaft, es ist Bureaucrat. Wenn Beschwerden eingereicht werden von den Partheien, so is eine Erledigung nicht zu erleben. Das meiste wird auf die lange Bank der Ewigkeit geschoben und diese Bank is auch die Banque, die alle die zahllosen Anweisungen auf himmelschreiende Ungerechtigkeitsentschädigungen auszahlen soll. Der Ewigkeit is eine enorme Staatsschuld aufgebürdet, und sie hilft sich mit Assignaten auf den Himmel, so gut sie kann. Der Himmel is allerdings eine herrliche Idee[4], aber für zwey höchst wichtige Sachen bietet der Himmel keine Garantie für

2 Variante: Verschleuderung] als über die universelle Staatsschuld an Glücksgütern.
3 Hier gedachte Nestroy folgende Variante des vorhergehenden Satzes anzuschließen: Es privilegiert eine kleine Anzahl Auserwählter [Geburt], daß ihr ganzes Leben nichts ist als ein beständiges Wandern durch Triumphbogen etc.
4 Variante: [himmlische] strahlende Idee, die nur zwei dunkle Seiten hat, das Vergessen und das Wiedersehn.

das Vergessen und das Wiedersehen unserer Lieben und ohne Vergessen und ohne Wiedersehen können wir komischen Geschöpfe uns keinen Himmel denken.

- -

Das Wiedersehen hat offenbar verschiedene Übelstände [Fatalitäten], die einer gründlichen Beseitigung bedürfen.
Wissen wir, wie groß der Himmel is? ob man da nicht in Berührungen kommt, in Seelenanstreifungen, die einem höchst zuwider sind? Jeder, der Versöhnlichste Mensch hat a Paar Individuen, die ihm den Himmel gewaltig verschandelten [verleideten], wenn er's droben begegnen müßt, und andererseits [bleibet der Himmel leer], wenn wegen jeden Seeligen, dem die Seeligkeit [Anwesenheit] eines anderen Seeligen ein Dorn im Aug is, dieser andere gleich verdammt werden müßt, bleibet der Himmel leer, wie die 17te Vorstellung von einem durchgefallenen Stück.
Wir haben ja Beispiele, daß junge Leut auch sterben, setzen wir uns also in die Lag', wenn so ein junger Mensch in Himmel kommt[5], er laßt auf Erden eine schwärmerische Geliebte zurück, die sich 5 Monath zu Tod kränkt um ihn, und im 6.ten einen andern heurath. Nach a paar Jahren, die der ganz himmlisch zubringt, hört er zufällig [heißt's auf einmahl], heut' is gar a hübsches neu's Engerl ankommen von der Welt; er fragt, von wem bist denn, du lieb's Engerl du, und's kleine Engerl sagt, ich bin's verstorb'ne Maderl von der, und der [Selige] erkennt, daß die Mutter seine [unverbrüchlich] treugeglaubte, an einen anderen verheurathete Laura is[6]. Das is jedenfalls eine Schattenseite des ewigen Lichtes das uns da droben leuchten soll.
Nehmen wir einen andern Fall, der Tod zerreißt ein kaum geschlungenes Eheband. Er kommt in Himmel, und sie bleibt noch zehn Jahr mit und 30 Jahr ohne Anfechtung auf der Erden zurück, endlich wird auch sie hinübergezüg'nglöcklg'läut't. Oben finden sie sich, er is mit sein jugendlichen Begriffe seelig geworden, sie kommt gestählt durch die bittersten Erfahrungen in die jenseitigen Freuden, – kann eine wahre Harmonie seyn zwischen diese zwey Seelen, und wenn zwey Seelen nicht zusammenhalten können, was is das für a Himmel, da wurd' er durch manche irdische schöne Stund zu Schanden gemacht.

5 Variante: Oder setzen wir den Fall, ein junger Mann stirbt, das war ja schon da, und kommt als junger Mensch in Himmel, is ja auch ka Neuigkeit.
6 Randbemerkung: Wie der Seelige aus der Haut fahret, a Glück, daß die Seeligen ka Haut haben.

Jetzt erst, was das Wichtigste ist, – für's Vergessen, biethet der Himmel gar keine Garantie. Im Gegentheil man spricht von himmlischen [überirdischen] Jalugittern, aus welchen man einen klaren Überblick über alles Irdische genießen soll, aber gerade die Klarheit dieses Überblicks is der schwärzeste Schlagschatten, der auf'n Himmel fallt.
Wie viele werden in Himmel kommen, die noch Angehörige haben auf dieser Welt. Jetzt wenn die von da oben all das Unglück, all die Verirrungen oder gar die Verbrechen der Ihrigen anschauen müssen, muß ihnen das nicht in die seelige Seel schneiden, und stürzeten sich nicht Tausende von Himmelsbewohnern trostlos auf die Welt – und wenn sie 's nicht thäten, verdieneten sie den Himmel, da seine Freuden sie stumpf machen konnten für den Jammer ihrer Angehörigen?
Jetzt nehmen wir erst das, wenn Ältern in Himmel kommen – ich will noch von die Väter nix sagen, Vater is doch so eine gröbere Sach', aber es kommen auch Mütter hinauf – und Mutterliebe is wahrscheinlich das einzig wahrhaft unbegrenzte im Universum [das einzig und noch unbegrenzter als das Universum is] – Nehmen wir also den Fall an, eine Mutter kommt in Himmel, und ihr Kind muß noch Jahre des Elend's auf der Erden verleb'n. Das ereignet sich doch oft. Wie bettelarm steht da selbst die Allmacht da? Wie müßt der Himmel da versag'n, wenn er mit all seinem Fixsternglanz nur ein Strahl von Heiterkeit in der Herzensnacht einer wahren Mutter auftreiben sollt!
Jetzt das sind natürlich nix als philosophische Mussenzen, die manchmal aufperlen im Leidenskelch des Lebens, die natürlich bei einem voll aufperlenden Champagnerglas verschwinden, die aber – – –

ZWEITER ENTWURF

1.

Ich bin einer von die, die man arme Teufeln heißt. Warum man die Armen unter die Teufeln classifiziert, das weiß ich nicht, offenbar muß es unter die Reichen gar so viele Engeln geben, das weiß ich wohl auch nicht, aber es muß doch so seyn. Man nennt uns auch häufig arme Narren; warum der Arme nun ein Narr is, das weiß ich auch noch nicht, offenbar muß es unter die Reichen lauter G'scheite geben, gar kein Zweifel, sonst hätt' ja die Benennung keinen Sinn. Nach den neuesten Ansichten nennt man uns Proletarier und verbindet damit die zarten Nebenbegriffe von Communist, Aufrührer, staatsgefährlicher Mensch. Es is wirklich curios, wie man die Armuth ausstaffiert. Allerdings is der Arme geborner Revolutionär, aber so staatsgefährliches is nix an ihn. Ich weiß das, Ich bin auch einer und mir könnt's nie einfallen, gegen die irdischen Regierungen anzustürmen, die sind oft selber arm.

2.

Ich such' das Übel tiefer, oder eigentlich höher [. . . . .][7] das wär' so meine Idee. So ein allgemeiner Welt-Reichstag –! nein, da müßt' was anders erfunden werden, bey die Reichstäg is ein Übelstand. »In medio virtus«, sagt der Lateiner, das heißt auf deutsch, »in der Mitte is das Rechte« und bey die Reichstäg habn's ein Oberhaus und ein Unterhaus, Mittelhaus giebt's kein's, drum geht's auf die Reichstäg wohl drunter und drüber zu, aber es kommt nix Rechtes heraus[8].
Das Schicksal hat alles, was die von ihm beherrschte Menschheit empören muß.

Es hat für's Erste einen Zopf [. . . . . .][9]

Es hat ferner noch ganz das alte Protectionssystem, thut alles für eine kleine Anzahl Privilegierter, und wenn es auch den Ausdruck Gleichberechtigung gelten laßt[10], so is es doch nur eine handgreifliche Fopperey! Das is so als wie wenn a Herrschaft ausg'spielt wird. Da gibts auch hunderttausend Gleichberechtigte, deswegen sind doch nur drey Treffer da, die andern alle tauschen mit 5 fl das schöne Bewußtseyn, daß sie Gleichberechtigte waren.
Das Schicksal endlich ist ein Bureaukrat [. . . . .] der Ewigkeit wird auf diese Art eine ungeheure Staatsschuld aufgebürdet, und ihr

7 Es läßt sich nicht erkennen was hier eingeschaltet werden sollte.

8 Variante (ältere Fassung):

Reichstag des Schicksals

In medio virtus sagt der Lateiner, das heißt auf Deutsch, in der Mitte ist das Rechte. Die Reichstäg haben aber nur ein Oberhaus und ein Unterhaus, von ein Mittelhaus is keine Red', darum geht's auf die Reichstäg wohl drunter und drüber zu, aber es kommt nix Rechtes heraus.

9 Welche Stelle des Konzeptes hier eingeschaltet werden sollte, ist aus den vorhandenen Konzeptfragmenten nicht mit Sicherheit anzugeben, läßt sich aber leicht kombinieren.

10 Ältere Fassung:

Am meisten foppt uns das Schicksal mit der Gleichberechtigung.
In der Gleichberechtigung liegt eine enorme Fopperey.
Jeder hat gleiches Recht auf Lebensglück, das is so wie wenn a Herrschaft ausgespielt wird.
Fünf Auserwählte kriegen was und die andern Hunderttausende zahlen für eine getäuschte Hoffnung 5 fl und gehn mit dem schönen Bewußtseyn herum, daß sie Gleichberechtigte waren.

Finanzministerium hilft sich halt so gut es kann, macht bey der menschlichen Geduld ein Anlehen um das andere, und giebt fleißig Himmelsanweisungen heraus.

3.

Das Schicksal haßt die Öffentlichkeit, seine Wege sind unerforschlich für uns, desto genauer aber erforscht es unsere Wege, das sieht man aus dem, weil es jeden zu finden weiß. Ganz wie eine ehemalige Behörde, süßen Angedenkens. Ich lass' mir's nicht nehmen, der Himmel hat seine Herrngassen, für die aber nie ein März anbrechen wird. Da droben is kein Fortschritt zu hoffen, denn der Fortschritt is eine gerade Linie, die himmlischen [. . . . .] gehen alle umundum als wie a Ringelspiel, damit nur alles wieder auf'n alten Punct z'ruckkommen muß.

4. Schluß.

Nur eins hat das Schicksal vor den irdischen Tyrannen voraus, nehmlich das, daß man ungeniert darüber schimpfen kann, es nutzt eim zwar gar nix, aber man wird doch wenigstens zu keiner Verantwortung gezogen, und es is das schon eine schöne Sach'.

»SCHICKSALS«-COUPLET

1.

Geg'n weni Regierung' der Erd'n hab' ich was,
Nur wie's Schicksal regiert, geg'n das hab' ich ein' Haß.
's Schicksal is ein grundschlechter Regent für sein Reich,
Es is Nero und Ludwig der Fufzehnte z'gleich.
Geg'n 's Schicksal, da mach' ich alle Stund' Rev'lution,
Denn dem wünsch' ich a unbändige Konstitution.
Da setz' ich ein' G'spitzten mit ein'm breiten Band auf
Und a Feder brennrot bis in d'Wolken hinauf,
So wie d' Gigant'n hab'n den Chimbrasso auf'n Leopoldiberg türmt
Und auf diesen Barrikaden den Himmel hab'n g'stürmt.
So hätt' ich geg'n 's Schicksal mein' Schneid',
Denn es paßt nicht für unsere Zeit.

2.

A allgemeiner Weltreichstag, das wär' wohl was Guts,
Und doch hab' i auf d' Reichstäg ka rechte Fiduz;
»In medio virtus« – »In der Mitte is das Recht« –

Das Sprichwort sagt klar, was an d' Reichstäg is schlecht.
Ober- und Unterhaus haben s', aber kein Mittelhaus,
Drum geht's drunter und drüber, aber Rechts kommt nix h'raus.
Man muß 's Schicksal energischer nehmen beim Kopf,
Denn 's hat alls, was empört, schon für's erste ein' Zopf.
's herrscht noch 's nämliche Schicksal, was vor zweitausend Jahr'
In die griechischen Stuck der böse Zauberer war,
  Malträtiert absolut noch die Leut',
  Ja, das paßt nicht für unsere Zeit.

3.

's Schicksal übt Protektion auch, 's ganze Füllhorn des Glücks
Schütt't's über a paar aus, und Millionen krieg'n nix,
Und toleriert es das Wort »Gleichberecht'gung« nebenbei,
So is das a handgreifliche Leutfopperei.
Von diesem Phantom hat der Mensch 's klare Bild
Bei der Ziehung, wann wird wo a Herrschaft ausg'spielt;
Da strömen viele tausend Gleichb'rechtigte hin,
Aber in Glücksrad sind doch nur drei Haupttreffer drin;
D' andern alle fall'n durch, und sie krieg'n ein' Schmarrn,
Nur 's Bewußtsein hab'n s', daß s' Gleichberechtigte war'n.
  Doch fünf Guld'n müssen s' zahl'n für die Freud' –
  's Schicksal paßt nicht für unsere Zeit.

4.

Eine Eig'nschaft vom Schicksal is gar angenehm,
Es is Bureaukrat ganz nach 'n alten System;
Vor all'n in Finanzsachen weist's, wo's nur kann,
In jed'r Schwulität g'schwind auf d' bess're Welt an.
So kriegt die Ewigkeit eine enorme Staatsschuld,
Macht a Anlehn ums andre bei der Menschengeduld.
Und beschwert man gegen 's Schicksal sich im Herzensdrang,
Da geht die Sach' echt bureaukratischen Gang;
Es wird nix erledigt, es wird nix erhob'n,
's wird hübsch auf d' lange Bank der Ewigkeit alles g'schob'n,
  Es erlebt gar kein Mensch einen Bescheid,
  Ja, das paßt nicht für unsere Zeit.

5.

'm Schicksal steht auch d' Öffentlichkeit nicht zum G'sicht,
Unerforschlich, geheim, alles à la Femg'richt,

Hingeg'n selbst erforscht 's alls g'nau, find't jed'n, Tag und Nacht,
Ganz wie's a selig entschlafne Behörde hat g'macht.
Es muß in die Stern', weiter drob'n oder darneb'n,
Nebst der Milchstraßen auch noch a Herrengass'n geb'n.
Nur eins hat 's Schicksal voraus vor ein' Erdentyrann,
Nämlich das, daß nach Gusto drüb'r schimpfen man kann.
Man weiß zwar, es nutzt nix, aber schön is's halt doch,
Wenn ich weiß, ich kann reden und komm' nicht ins Loch.
  Das einz'ge am Schicksal is g'scheit,
  Alles andre paßt nicht für die Zeit.

INHALTSSYNOPSE

DOMINIQUE OU LE POSSÉDÉ

(I. B. R. D'EPAGNY / J. H. DUPIN)

1. Akt

Schloßvorplatz; Häuser zur Zeit Ludwig XIII., Palais, Haus der Amme. – Nacht.

1. Szene

La Heaumerie, heimlich aus England zurückgekehrt, flucht als Enteigneter und Geächteter seinem Widersacher Laubardemont. La Heaumerie will Geneviève, die Amme seiner Schwester, aufsuchen, der er einst eine Pension aussetzte; er hofft, von ihr etwas über seine Schwester zu erfahren.

2. Szene

Diener Georges soll für seinen Herrn Des-Arcis Wache halten, der bei seiner heimlich angetrauten Blanche, der Schwester La Heaumeries, ist. Diener Philippe bewacht das Haus im Auftrag von Laubardemont, der als Vormund Blanches diese ins Kloster schicken will, um an das Vermögen des verbannten Bruders zu kommen. Georges flieht, als Laubardemont aus dem Haus kommt.

HÖLLENANGST

(J. NESTROY)

1. Akt

Platz mit altmodischen Häusern; Palast und kleines Häuschen. – Nacht.

1. Szene

Der durch eine Intrige seines Schwagers Stromberg der Verschwörung verdächtigte, ins Gefängnis geworfene und dann nach England geflohene Reichthal ist heimlich zurückgekehrt, klagt über ihm angetanes Unrecht und will von der Amme Eva etwas über seine Nichte Adele erfahren.

2. Szene

Pfrim räsoniert über die schlechten Zeiten. Ignaz hält für seinen Herrn, den Oberrichter von Thurming, vor dem Palast Wache.

3. Szene

Ignaz und Johann, Diener bei Stromberg, informieren einander über Verhältnisse und Absichten ihrer Herren: Stromberg will Adele als ihr Vormund ins Kloster geben, um ihr Erbe an-

3. Szene

Laubardemont verhört Philippe, entdeckt die Strickleiter Des-Arcis', schneidet sie ab und stürzt mit Philippe ins Haus. Des-Arcis und Blanche auf dem Balkon.

4. Szene

Des-Arcis will über das Dach fliehen, Blanche bleibt furchtsam zurück. Auftritt von Dominique, der zum Häuschen von Geneviève geht.

5. Szene

Dominique klagt über Arbeitslosigkeit; er wünscht, im Krieg gefallen zu sein.

zutreten. Adele ist aber schon heimlich mit Thurming verheiratet, der sie nachts über eine Strickleiter in den Palast ihres Onkels Stromberg besuchen kommt. Ignaz und Johann vergessen die Wache, das Palasttor öffnet sich, und Thurming kann nicht mehr gewarnt werden. Ignaz flieht.

4. Szene

Stromberg tritt aus dem Tor, verhört Johann und schneidet die Strickleiter ab.

5. Szene

Adele und Thurming fürchten sich entdeckt. Thurming flieht unter Musikbegleitung über die Dächer.

Verwandlung: Ärmliche Stube bei Pfrim.

6. Szene

Pfrim, der aus dem Wirtshaus kommt, wirft Eva vor, nicht zu arbeiten.

7. Szene

Auftrittslied und Monolog des Wendelin über Schicksal und ungerechte Weltregierung. Klage über Arbeitslosigkeit.

6. Szene

Geneviève klagt, daß ihr Sohn Dominique vergeblich Arbeit sucht.

7. Szene

Geneviève und Dominique beklagen ihre Armut. Laubardemont hat Geneviève die von La Heaumerie gewährte Pension gestrichen. Dominique ist aus Liebe zu Denise, der Zofe von Blanche, aus der Armee desertiert, vor allem aber, um von Laubardemont nicht gezwungen zu werden, seinen Milchbruder La Heaumerie töten zu müssen. Dominique zweifelt an der Gerechtigkeit der Welt, die den Ehrlichen hungern läßt und den Schurken reich macht. Eine solche Welt sei vom Teufel regiert, dem er sich in seiner Verzweiflung verschreiben will. Des-Arcis erscheint plötzlich im Zimmer.

8. Szene

Des-Arcis bittet Dominique um einen Kleidertausch und gibt ihm seine Geldbörse.

8. Szene

Wendelin und Eva beklagen ihre Armut. Wendelin hat seinen Fabrikarbeitsplatz aufgegeben und als Gefängniswärter Reichthal zur Flucht verholfen. Eva gibt Wendelin an Reichthal adressierte Schriften der verstorbenen Baronin von Stromberg, Reichthals Schwester, der Mutter von Adele.

9. Szene

Wendelins Vater Pfrim kommt dazu und will die Schriften verbrennen, Wendelin nimmt sie aber an sich. Ein Gewitter zieht auf, Wendelin und Pfrim räsonieren über die Weltlenkung, die die Reichen begünstige und die Armen vernachlässige. Die Glücklichen hätten einen Pakt mit dem Teufel geschlossen. Unter Blitz und Donner will Wendelin den Teufel anrufen.

10. Szene

Bei Musik, Blitz und Donner springt Thurming in einem rot ausgeschlagenen schwarzen Mantel ins Zimmer und wird für den Teufel gehalten. Thurming tauscht mit Wendelin die Kleider, gibt ihm seine Geldbörse und erklärt sich ihm auf ewig verbunden.

9. Szene

Dominique hält Des-Arcis für den angerufenen Teufel und glaubt, seine Seele verkauft zu haben.

10. / 11. Szene

Dominique ist in Gedanken. Des-Arcis will sich dankbar zeigen. Ankunft von La Heaumerie, der bei Geneviève Zuflucht suchen will. Dominique ist verwirrt.

12. Szene

Dominique will das Beste aus dem ›Teufelspakt‹ machen. Dominique und La Heaumerie erkennen einander gerührt. Dominique bietet La Heaumerie vom ›Teufelsgeld‹ an.

13. Szene

Dominique will im ›Teufelsmantel‹ einkaufen gehen.

14. Szene

La Heaumerie befürchtet, am Unglück von Mutter und Sohn schuld zu sein. Er will zu Geneviève, um sich Klarheit zu verschaffen.

15. Szene

Georges macht sich Sorgen um seinen Herrn; er will Dominique, der den Mantel Des-Arcis' trägt, vor Gericht bringen. Dominique wehrt sich und verflucht den ›Teufelspakt‹.

11. / 12. Szene

Wendelin sinniert über das Vorgefallene; das erhaltene Geld gibt ihm die Gewißheit, daß es kein Traum war. Pfrim und Eva fragen, ob er sich dem Teufel verschrieben habe.

13. Szene

Reichthal bittet um Unterstützung. Wendelins plötzlicher Reichtum macht ihn stutzig; dessen Reden lassen ihn an Wendelins Verstand zweifeln.

14. Szene

Wendelin zieht Thurmings Mantel an und will einkaufen gehen. Er versucht die Angst, sich dem Teufel verschrieben zu haben, zu zerstreuen und singt das Lied von den Zweifeln.

Verwandlung: Platz mit Häusern.

15. Szene

Ignaz wundert sich darüber, daß Pfrim Geld hat und vermutet eine Untat, besonders als Wendelin in Thurmings Mantel erscheint.

16. Szene

Pfrim schlägt Wendelin vor, mit Hilfe des Teufels neun Jahre in Freuden zu leben und dann als Rompilger Buße zu tun, um den Teufel zu prellen.

17. Szene

Wendelin wird arretiert, ohne daß ihm der ›Teufel‹ hilft. – Musik.

2. Akt

Gotischer Salon bei Des-Arcis.

1. / 2. Szene

Des-Arcis ist froh, unbehelligt nach Hause gelangt zu sein. Der Diener Laurant bringt einen Bittbrief von Geneviève, die um Asyl für La Heaumerie bittet.

3. Szene

Des-Arcis gelingt es nicht, den Grund von Genevièves Verzweiflung zu erfahren. Sie drückt sich verworren über die heimliche Rückkehr La Heaumeries und Dominiques Arretierung aus.

4. Szene

Georges berichtet über die Verhaftung des vermeintlichen Diebes Dominique, in dem Des Arcis seinen unfreiwilligen Retter erkennt. Geneviève erkennt er als La Heaumeries Amme

2. Akt

Salon in Thurmings Haus.

1. / 2. Szene

Thurming beglückwünscht sich zur gelungenen Flucht. Sein Diener Gottfried bringt einen Bittbrief Pfrims, dessen Schrift Thurming bekannt vorkommt.

3. Szene

Thurming gewinnt keine Klarheit aus Pfrims verworrenen Reden über Reichthal, den arretierten Wendelin und seinen ›Pakt‹.

4. Szene

Ignaz berichtet über die Verhaftung Wendelins. Thurming will ihn vorführen lassen, in ihm seinen unfreiwilligen Retter ahnend.

wieder. Sie erzählt von La Heaumeries Rückkehr. Des-Arcis will ihm und Dominique helfen.

5. Szene

Des-Arcis will ohne Rücksicht auf eigene Gefährdung La Heaumerie helfen.

6. Szene

Denise sagt Des-Arcis, Blanche wolle sich in seinen Schutz begeben. Denise bittet um Gnade für ihren Geliebten Dominique, der fälschlich des Raubes beschuldigt werde.

7. Szene

Zu seinem Erstaunen wird der arretierte Dominique mit Wein bewirtet.

5. Szene

Pfrim berichtet Thurming über den ›Teufelspakt‹, wobei die Rede auf das Verhältnis von Reichthal zu Stromberg kommt. Thurming will Reichthal und Wendelin helfen.

6. Szene

Trotz eigener Gefährdung will Thurming für den Onkel seiner Gattin, Reichthal, eintreten.

7. Szene

Rosalie, die Zofe Adeles, sagt Thurming, Adele wolle sich in seinen Schutz begeben. Rosalie selbst ist verzweifelt über das Schicksal ihrer Liebe zu Wendelin.

8. Szene

Pfrim ist zornig, weil Wendelin noch nicht frei ist; Rosalie habe bei Thurming nicht genug um Gnade für ihn gebeten.

9. Szene

Rosalie soll Adeles Ankunft bei Thurming vorbereiten. Sie ist beruhigt, weil Wendelins Geschick in Thurmings Händen liegt.

10. Szene

Wendelin wird zu seiner Verblüffung als Gefangener bewirtet und schreibt dies dem Teufel zu.

8. Szene

Des-Arcis ist in seiner Richterrobe mit Dominique allein. Dominique schildert sein Schicksal und erkennt in Des-Arcis seinen ›Teufel‹. Des-Arcis sagt ihm Rehabilitierung zu. Dominique fordert Glück, Reichtum und Freiheit. Des-Arcis hält ihn für geistesgestört. Dominique will La Heaumerie und Denise sehen, was Des-Arcis veranlassen will.

9. / 10. Szene

Als Dominique La Heaumerie eintreten sieht und auf Denise trifft, ist er vom Teufelsbund überzeugt. – La Heaumerie bedankt sich bei Des-Arcis für dessen Hilfe, der sich den Dienst zur Ehre anrechnet.

11. Szene

Georges meldet eine verschleierte Dame, in der Des-Arcis Blanche erkennt. La Heaumerie will sich zurückziehen. Des-Arcis bittet ihn, hinter dem Vorhang zu warten.

12. Szene

La Heaumerie hört mit an, daß Laubardemont die heimliche Ehe von Des-Arcis und Blanche entdeckt hat, Blanche ins Kloster geben und Des-Arcis töten wolle, um an das Vermögen

11. Szene

Wendelin erzählt in tiefer Verbeugung vor dem Richter seine Lebensgeschichte bis zum ›Teufelspakt‹. Dann erkennt er Thurming, dessen Richterrobe ihn in seiner Meinung bestärkt, dieser sei der Teufel. Thurming hält Wendelin für wahnsinnig und geht auf seine Bedingungen ein, was dessen Teufelswahn nur noch verstärkt.

12. / 13. Szene

Thurming versichert Reichthal seiner Freundschaft und führt Wendelin zu Rosalie, der ihre Gegenwart für Teufelswerk hält. – Thurming bekräftigt Reichthal noch einmal seine Loyalität.

14. Szene

Wendelin erhält ein Gabelfrühstück. Adeles Ankunft wird gemeldet. Reichthal soll sich zurückziehen.

15. Szene

Thurming stellt der verzagten Adele eine schicksalwendende Überraschung in Aussicht.

des vermeintlich ermordeten La Heaumerie zu kommen. Als Blanche über den Tod des Bruders klagt, deutet Des-Arcis an, er lebe. La Heaumerie eilt aus seinem Versteck in Blanches Arme. – Um Laubardemont zu täuschen, soll Denise einen Brief überbringen, in dem Blanche dem ehelichen Schutz Des-Arcis' empfohlen wird. Laubardemont soll glauben, der Brief komme aus England.

13. Szene

Denise erhofft sich ihr Glück mit Dominique und ist über seinen verwirrten Zustand besorgt.

14. Szene

Denise versichert Dominique ihrer Liebe. Er hält ihre Liebesbeweise für Teufelswerk. Denise begreift erst, als er sie über seinen ›Pakt‹ aufklärt. Sie erkennt den wahren Sachverhalt, muß aber erst den Brief überbringen.

15. Szene

Dominique staunt über die Macht des ›Teufels‹. Als weiteren Beweis des Paktes will er es ansehen, wenn seine Desertion ungeschehen gemacht wird.

16. Szene

Rosalie und Wendelin reden im Liebesgetändel aneinander vorbei. Wendelin hält ihre offen gezeigte Liebe für Teufelszwang. Rosalie ist über sein Benehmen verwirrt.

17. Szene

Wendelin will den Teufel auf die Probe stellen und sich der Wachmannschaft in der Uniform des Gefängniswärters zeigen, auf die Gefahr hin, gehängt zu werden! – Lied vom Aberglauben.

18. Szene

Rosalie, wohl über Wendelins Aberglauben informiert, erfährt von Ignaz, daß die Flucht Adeles von Stromberg entdeckt ist.

16. Szene

Philippe sagt Denise, Laubardemont sei mit Soldaten auf dem Weg, Des-Arcis zu verhaften. Denise ist verzweifelt. Aus dem Hintergrund kommen Soldaten.

19. / 20. Szene

Das Haus ist von Soldaten und Polizei umstellt. Stromberg hat als Beweis ein Tuch Thurmings gefunden, er weiß von Reichthals Rückkehr. Reichthal soll mit Wendelins Jacke, die schon Thurming geholfen hat, fliehen.

21. / 22. Szene

Pfrim fürchtet für Wendelin. Reichthal wird ein geheimer Ausgang gezeigt. Rosalie sucht Wendelin vergebens. Pfrim jammert.

23. Szene

Eine Hausdurchsuchung bei Thurming wird angeordnet. Thurming ist empört. Pfrim bezichtigt ihn des Mordes an seinem Sohn, woraufhin er als Vater eines geflohenen Gefängniswärters verhaftet wird. – Musik.

3. Akt

Gotischer Saal im Schlößchen.

3. Akt

Elegante Straße mit dem Haus des Staatssekretärs von Arnstedt.

1. Szene

Leni, Tochter des Portiers bei Arnstedt, berichtet ihrem Vater von zwei verschleierten Damen, die um Arnstedt geweint haben.

1. / 2. Szene

Der von Georges heimlich in den Saal gebrachte Des-Arcis beobachtet vom Fenster den Schloßplatz, führt dann Blanche, La Heaumerie und Denise herein. Man berät, ob man fliehen oder sich stellen soll.

3. / 4. Szene

Georges bringt von Geneviève ein Befehlspapier Dominiques, das der Grund seiner Desertion war: Er sollte La Heaumerie ermorden. Dominique soll nun in Uniform Laubardemont und dessen Befehl entlarven. – Blanche will vor dem umstellten Schloß Laubardemont allein entgegentreten.

5. / 6. Szene

Laubardemont bezichtigt Des-Arcis der Entführung der angeblich ihm anvertrauten Blanche. Diese bekennt sich zu Des-Arcis und zeigt den Brief ihres Bruders. Der Berater Laubardemonts rät, den Brief zu vernichten und die Widersacher zu töten, denn noch schütze Laubardemont der im Sterben liegende Richelieu. Laubardemont droht Blanche und Des-Arcis Kerker und Tod sowie die Vernichtung des Briefes an, damit sie in der Öffentlichkeit ohne Unschuldsbeweise dastehen.

7. Szene

La Heaumerie stürzt aus seinem Versteck, Laubardemont ruft Soldaten und berät sich.

8. /9. Szene

Denise will mit Dominiques Uniform diesen warnen, als sie hört, man habe den Deserteur gesehen. Dominique glaubt sich vom Teufel verlassen und also auch nicht mehr verdammt. Denise beweint ihn.

10. Szene

Blanche bittet Laubardemont um Gnade. Er läßt sie abführen und will mit Dominique reden.

2. / 3. / 4. Szene

Gendarmen machen dem Portier gegenüber Andeutungen, daß sie jemanden suchen. – Wendelin macht in Gefängniswärteruniform die ›Teufelsprobe‹ und ist erleichtert, gefangengenommen zu werden. Nach kurzem Verhör wird er abgeführt.

Verwandlung: Zimmer bei Arnstedt.

5. / 6. / 7. / 8. Szene

Pfrim berichtet Arnstedt, Stromberg habe seiner todkranken Schwester das Testament gestohlen und dabei einen belastenden Brief verloren. Ein neues, für Reichthal bestimmtes Testament sei im Besitz von Wendelin. – Pfrim verlangt die Verfolgung Thurmings und die Freilassung seines Sohnes. Man meldet die Verhaftung Wendelins. Pfrim glaubt sich und Wendelin im Vorteil. Arnstedt und Stromberg, die an die Papiere Wendelins wollen, lassen ihn in dem Glauben. Wendelin wird vorgeführt und freundlich empfangen.

11. Szene

Laubardemont bietet, von Denise belauscht, Dominique Geld und Freiheit für den Exekutionsbefehl. Denise bringt Dominiques Uniform, in der sich das Papier befindet, an sich. Dominique gibt vor, den Befehl nicht mehr zu haben. Laubardemont will ihn töten lassen. Dominique ruft vergebens den Teufel um Hilfe an.

9. Szene

Arnstedt und Stromberg wollen Wendelin nicht anklagen, was dieser der Macht des Teufels zuschreibt, sondern nur die für Reichthal bestimmten Papiere ausgehändigt bekommen. Wendelin will sie holen, sie sind aber in seiner Jacke in Thurmings Haus.

10. Szene

Adele widersetzt sich als Gefangene Strombergs dessen Anordnungen, weil sie Thurmings Gattin ist. Wendelin will ihr die Ehe mit dem vermeintlichen Teufel ausreden.

11. / 12. Szene

Leni erhält von Pfrim einen Brief für Wendelin.

13. Szene

Pfrim weiß, daß die Papiere in Wendelins Jacke bei ihrem rechtmäßigen Besitzer Reichthal sind. Er gibt Wendelin einen Dankbrief Reichthals, der bittet,

12. / 13. / 14. Szene

Laubardemont will fliehen, bevor Des-Arcis das belastende Papier verliest. Dominique wehrt sich gegen seine Gefangennahme. Er erkennt seinen ›Teufel‹ wieder und wird befreit. Man sucht nach Laubardemont. – Denise ist auf den mutigen Dominique stolz. Sie will ihn über seine Besessenheit aufklären. Blanche erwacht aus einer Ohnmacht.

15. /16. Szene

Glocken verkünden den Tod Richelieus, das Ende der Tyrannei. Geneviève ist auf ihren Sohn Dominique stolz. Laubardemont, vom Volk verfolgt, hat sich von der Brücke gestürzt.

Wendelin möge Adele zu seiner Mutter Eva, der ehemaligen Amme Adeles, bringen. Pfrim und Wendelin beschließen aus Höllenangst, lieber auf Pilgerfahrt zu gehen, als dem Teufel Thurming noch einen Dienst zu erweisen.

14. / 15. Szene

Wendelin ist betroffen, daß ihn der Teufel so früh holen will, ohne ihm ein angenehmes Leben gegönnt zu haben. Er sieht in Leni, die ihm Avancen macht, eine Abgesandte der Hölle. – Quodlibet.

Verwandlung: Waldgegend.

16. Szene

Thurming und Reichthal erhalten die Nachricht vom Tod des Ministers und der Wahl eines Nachfolgers. Befehl Thurmings, Arnstedt und Stromberg als Günstlinge des Ministers zu verhaften.

17. / 18. / 19. / 20. / 21. Szene

Wendelin und Pfrim treten unter Kirchenmusik als Pilger die Reise nach Rom an. – Adele droht die Gefahr der Entführung durch Stromberg. Die Pilger helfen nicht, um zu zeigen, daß sie sich vom Irdischen abgewandt haben. Sie halten Schmied, Köhler und Schornsteinfeger für Abgesandte der

17. Szene

Denise klärt Dominique über seine vermeintliche Besessenheit auf. Jetzt ist er nur noch von der Liebe besessen; die Hochzeit wird angekündigt.

Hölle. Das Geschehen wird von Musik begleitet. Bei Blitz und Donner fallen Wendelin und Pfrim vor Schreck um.

22. Szene

Reichthal und Thurming entdecken auf der Suche nach Adele die beiden Pilger und machen ihnen Vorwürfe, weil sie Adeles Verschwinden nicht meldeten. Reichthal und Thurming müssen vor dem Gefolge Strombergs fliehen. Wendelin glaubt, der Satan alias Thurming fordere seine Seele.

23. Szene

Rosalie klärt Wendelin über seine Teufelsverblendung auf; er beginnt zu begreifen.

24. Szene

Während Stromberg und Arnstedt abgeführt werden, fallen die übrigen einander glücklich in die Arme. Wendelin erhält Rosalies Hand.

LITERATURHINWEISE

Auckenthaler, Karlheinz F.: Johann Nepomuk Nestroy und der Aberglaube. In: Jahrbuch der ungarischen Germanistik 1992. S. 107–117.

Basil, Otto: Johann Nestroy in Selbstzeugnissen und Bilddokumenten. Reinbek bei Hamburg 1967.

Berghaus, Günter: J. N. Nestroys Revolutionspossen im Rahmen des Gesamtwerks. Ein Beitrag zur Bestimmung von Nestroys Weltanschauung auf dem Hintergrund der österreichischen Sozialgeschichte des Vormärz. Diss. Berlin 1977.

Braun, Johannes: Das Närrische bei Nestroy. Bielefeld 1998.

Brill, Siegfried: Die Komödie der Sprache. Untersuchungen zum Werk Johann Nestroys. Nürnberg 1967.

Cersowsky, Peter: Johann Nestroy oder Nix als philosophische Mussenzen. Eine Einführung. München 1992.

Dannecker, Eva: Die theatralische Satire. Eine dramaturgische Untersuchung. Diss. Wien 1969. [Masch.] S. 23–43.

Doering, Susan: Der wienerische Europäer. Johann Nestroy und die Vorlagen seiner Stücke. München 1992.

Fischer, Ernst: Johann Nestroy. In: E. F.: Von Grillparzer zu Kafka. Frankfurt a. M. 1975. S. 145–242.

Hannemann, Bruno: Johann Nestroy. Nihilistisches Welttheater und verflixter Kerl. Zum Ende der Wiener Komödie. Bonn 1977.

Häusler, Wolfgang: Von der Massenarmut zur Arbeiterbewegung. Demokratie und soziale Frage in der Wiener Revolution von 1848. Wien/München 1979.

Hein, Jürgen: Spiel und Satire in der Komödie Johann Nestroys. Bad Homburg / Berlin / Zürich 1970.

– Das Wiener Volkstheater. Darmstadt ³1997.

– Johann Nestroy. Stuttgart 1990.

– »Übersetzen s' aus Frankreich a Stuck …«. Johann Nestroy als übersetzender Bearbeiter. In: editio 14 (2000) S. 72–87.

– / Meyer, Claudia: »Theaterg'schichten«. Ein Führer durch Nestroys Stücke. Wien 2001.

Helmensdorfer, Urs: *Himmelangst*. Nachtrag zu *Der alte Mann mit der jungen Frau* (*Stücke 27/I*) und *Höllenangst* (*Stücke 27/II*). In: Nestroyana 19 (1999) S. 27–47.

Holzner, Johann: Theater-Teufeleien. Johann Nestroy und Franz Kranewitter. In: Nestroyana 18 (1998) S. 119–126.

Klotz, Volker: Radikaldramatik, Szenische Vor-Avantgarde: Von Holberg zu Nestroy, von Kleist zu Grabbe. Bielefeld 1996.
Kraus, Karl: Nestroy und die Nachwelt (1912). Mit einem Nachwort von Hans Mayer. Frankfurt a. M. 1975.
Kuhn, Christoph: Witz und Weltanschauung in Nestroys Auftrittsmonologen. Diss. Zürich 1960.
Mautner, Franz H.: Nestroy. Heidelberg 1974.
May, Erich Joachim: Wiener Volkstheater und Vormärz. Berlin 1975.
McKenzie, John R. P.: Nestroy's Political Plays. In: W. E. Yates / John R. P. McKenzie (Hrsg.): Viennese Popular Theatre. Exeter 1985. S. 123–138.
Münz, Rudolf: Nestroy und die Tradition des Volkstheaters. In: Impulse 11 (1988) S. 192–254.
Nestroy – Weder Lorbeerbaum noch Bettelstab. Hrsg. vom Österreichischen Theatermuseum. Wien 2000.
Neuber, Wolfgang: Nestroys Rhetorik. Wirkungspoetik und Altwiener Volkskomödie im 19. Jahrhundert. Bonn 1987.
Preisner, Rio: Johann Nepomuk Nestroy: Der Schöpfer der tragischen Posse. München 1968.
Reichmann, Eva: Konservative Inhalte in den Theaterstücken Johann Nestroys. Würzburg 1995.
Rett, Barbara: Johann Nestroy und die bürgerliche Revolution. Diss. Innsbruck 1978. [Masch.]
Rommel, Otto: Johann Nestroy. Ein Beitrag zur Geschichte der Wiener Volkskomik. In: J. N.: Sämtliche Werke. Bd. 15. Wien 1930. S. 5–357.
– Johann Nestroy. Der Satiriker auf der Altwiener Komödienbühne. In: J. N.: Gesammelte Werke. Bd. 1. Wien 1948. S. 5–194. (Nachdr. 1962 und 1968.)
Schübler, Walter: Nestroy. Eine Biographie in 30 Szenen. Salzburg / Wien / Frankfurt a. M. 2001.
Sengle, Friedrich: Biedermeierzeit. Deutsche Literatur im Spannungsfeld zwischen Restauration und Revolution 1815–1848. Bd. 3. Stuttgart 1980. S. 191–264.
Slobodkin, G. S.: Nestroys Komödie *Höllenangst* und die Einschätzung des Dramatikers durch die bürgerliche Literaturkritik. In: Wissenschaftliche Zeitschrift der Pädagogischen Hochschule Dr. Theodor Neubauer Erfurt/Mühlhausen, Gesellsch.- u. Sprachwiss. Reihe 12 (1975) H. 1. S. 37–42.
Wimmer, Ruprecht: Der Teufel als Mißverständnis. Gedanken zu

Johann Nestroys Posse *Höllenangst* und ihrer französischen Vorlage. In: Eckard Heftrich / Jean-Marie Valentin (Hrsg.): Gallo-Germanica. Wechselbeziehungen und Parallelen deutscher und französischer Literatur. Nancy 1986. S. 187–205.
Yates, W. E.: Nestroy and the Critics. Columbia SC 1994.
– (Hrsg.): Vom schaffenden zum edierten Nestroy. Wien 1994.
– (Hrsg.): Der unbekannte Nestroy, Wien 2001.
– (Hrsg.): »Bei die Zeitverhältnisse noch solche Privatverhältnisse«: Nestroys Alltag und dessen Dokumentation. Wien 2001.

NACHWORT

Weil uns traumt hat von Freyheit,
muß's a wirkliche geb'n,
Wenn s' auch in Jahrhunderten
erst tritt ins Leben.

(Variante zum »Aberglauben«-Couplet.)

Hanns Eisler faßte 1948 die »poetische Idee« von *Höllenangst* so zusammen: »Damit ein armer Mann von den Mächtigen menschlich behandelt wird, muß er entweder einen Pakt mit dem Teufel geschlossen haben oder wenigstens daran glauben« und formulierte damit den sozialen und politischen, ja humanen Gehalt der Posse. Die Zeitgenossen Nestroys haben es hundert Jahre zuvor anders gesehen. Das Stück verschwand nach vier Wiederholungen vom Spielplan und fand in der Theaterkritik wenig Resonanz. Sie tadelte Nestroys Fehlgriff in der Bearbeitung der französischen Vorlage, deren damalige Beliebtheit beim Publikum für uns heute ebenso schwer verständlich ist wie der Mißerfolg von Nestroys Bearbeitung. Vielleicht neigt man heute aber auch zu einer ideologischen Überakzentuierung der Possen-›Botschaften‹ des Volksdramatikers. Allerdings kann *Höllenangst* seinen historischen Ort im Umkreis der Revolution von 1848 und ihrer Nachwehen ebensowenig verleugnen wie die weltanschauliche Fundierung Nestroys, der sich in vielen Stücken mit dem Determinismus des Menschen durch das »Schicksal« auseinandergesetzt und verschiedene dramatische Modelle erfunden hat, den Menschheitstraum nach Freiheit und Überwindung der Fremdbestimmung wenigstens auf der Bühne Wirklichkeit werden zu lassen.

Wesentliche Motive zur Darstellung dieser Thematik verdankt Nestroy seiner Vorlage, der französischen »Comédie en trois actes et en prose« *Dominique ou le Possédé* von I. B. R. d'Epagny und Jean Henri Dupin aus dem Jahr 1831, die in einer deutschen Bearbeitung bereits ein Jahr später in Brünn auf die Bühne kam. 1833 bearbeitete Josef Kupelwieser das Stück unter dem Titel *Peregrins Wahn und Leiden oder Der Besessene* für das Theater in der Josefstadt; Kupelwieser hat übrigens auch in anderen Fällen Nestroy vorgearbeitet: bei *Der Talisman* (1840), *Die Papiere des Teufels* (1842) und *Der Zerrissene* (1844). Die französische Komödie war im deutschen Sprachraum wohl so beliebt, daß sie in die Textsammlung *Théâtre Français en Prose* (Bielefeld 1842, [2]1844) aufgenommen wurde.

Dominique ou le Possédé, zur Zeit des Kardinals Richelieu spielend, war vermutlich ein großer Publikumserfolg, so daß Nestroy mit seiner Bearbeitung ähnlich zu reüssieren gedachte. Er wählte das beliebte Stück, um ein Jahr nach der Revolution in verschlüsselter Form weltanschauliche und politische Konsequenzen zu ziehen. Aus der »Comédie en prose« macht er zwar eine »Posse mit Gesang« – die Vorlage selbst ist thematisch wie gattungsmäßig keineswegs komisch –, behält aber den ernsten Grundzug bei.* »Comédie« bezeichnet hier im allgemeineren Sinn »Schauspiel«, und das französische Stück führt mit eher rührender Wirkung einen »mittleren Charakter«, eine Rolle des seriösen Faches vor. Dominique verkörpert diesen ernsten und ernstzunehmenden Charakter des »Résolu«; so lautet sein Beiname bei der Armee, in der er als unbeirrbar entschlossener Soldat bekannt ist, der entschieden durchsetzt, was er für gut und ehrenhaft hält. Diese resolute, geradlinige Entschlußkraft für das Rechte – frei von subalterner Unterwürfigkeit, die seinem sozialen Stand sonst wohl entspräche, ebenso frei vom starren Militärgehorsam seiner Kollegen – verpflichtet ihn jeweils nur seiner eigenen Entscheidungsfähigkeit. Dadurch bleibt ihm erspart, zur tragischen Figur zu werden, denn dem etwaigen klassischen Konflikt und Zweifel zwischen Pflicht

* Statt einer Inhaltsangabe (vgl. Johann Nestroy, *Sämtliche Werke*, hrsg. von Fritz Brukner und Otto Rommel, Bd. 5, Wien 1925, S. 711–714) soll eine Inhaltssynopse (siehe S. 115 ff.) die Unterschiede zwischen der Vorlage und Nestroys Bearbeitung verdeutlichen.

und Neigung bzw. höherem ›Befehl‹ entgeht er durch seine schnellentschlossene, selbständige und befehlswidrige Befreiungsaktion zugunsten seines Gönners. Für ihn gibt es kein reflektierendes Wägen und Zaudern, welchem wie begründeten Recht der Vorrang zu geben sei und welche Rechtsvergessenheit er etwa büßen müsse. Dominique ist nicht tragisch, sondern praktisch. Andererseits verfällt er wegen seiner bewußten Entschlußkraft auch nicht der Komik des einseitigen Charakters, der, starr und ohne eigene Überlegung auf ein Verhaltensschema oder Denkmuster festgelegt, in allen Situationen immer gleich und voraussehbar reagiert und zum unterlegenen Opfer wird, dem man übel mitspielen kann.

Dominique agiert zwischen Tragik und Komik. Seine verzweifelte Teufelsverschreibung, nachdem er desertiert und ohne Mittel ist, und seine »Besessenheit« scheinen dieser Entscheidungs- und Handlungskompetenz zu widersprechen. Jedoch kommt er zunächst aus sich selbst heraus zu diesem vermeintlichen Karrieremittel, danach treibt er kraft seines selbst herbeigewünschten Wahns die eigene Zukunft und das Geschick seiner Partner wie seiner Widersacher dramatisch voran, und die dramatische Handlung entwickelt sich dank seinem »résolument« zum Guten. Obwohl die Szene der Teufelsverschreibung sehr gut hätte komisch gestaltet werden können, bleibt Dominique bis auf die Auseinandersetzung mit seiner Geliebten, bei der er keineswegs die Rolle des selbstsicheren Liebhabers spielt, frei von verlachenswertkomischer Beurteilung, sowohl seitens seiner Mitspieler wie durch das Publikum.

Diese zentrale Figur des vom Bösen Besessenen, der gleichwohl im Selbstbesitz seines Entscheidungswillens zum Guten bleibt, agiert in einer opernhaft ausstaffierten Szenerie unter ebensolchen Mitspielern, blassen Typen mit übertriebenen Operngesten und stereotypen, leeren Gesten und Reden, denen aber keine Musik Empfindungswahrheit verleiht. Nestroy entdeckt gleichsam die effektvolle Opernkulisse und behält sie mit den schwachen Nebenfiguren weitgehend bei. Die gespielte Zeit verschiebt er aus dem 18. Jahrhundert in den Vormärz, macht – wohl aus Rücksicht auf die Zensur – aus der Staatsintrige eine Erbschaftsangelegenheit, wobei noch genügend machtpolitischer Hintergrund sichtbar bleibt, zudem verstärkt er Theatereffekte und Verwandlungszauber. Die gegenüber der Vorlage größere Anzahl der Szenen erhöht keineswegs die Dramatik, sondern dient eher einer Episierung. Dazu gehört auch der Einfall am Schluß, Vater Pfrim und Sohn Wendelin auf eine Buß- und Erlösungsreise zu schicken. Nestroys Zentralfigur erhält durchaus komische Züge – aktiv wie passiv –, verstärkt durch die komische Figur seines dem Trunk ergebenen und arbeitsscheuen Vaters, der in der Vorlage keine Entsprechung hat. Für ähnliches Kolorit sorgen die ebenfalls hinzuerfundenen Figuren des Portiers und seiner Tochter Leni. Pfrim ist gleichsam der komische Schatten Wendelins, der zwischen zwei Rollen pendelt. In seiner »Höllenangst« wird er zu einer jämmerlichen Gestalt, die das Publikum belachen muß, weil es den wahren Sachverhalt kennt, in seinen Couplets aber tritt er aus der passiven Rolle heraus und setzt Komik zu Kritik und Befreiung ein.

Die Änderungen gegenüber der Vorlage sind – vor allem im ersten und zweiten Akt – nur geringfügig. Die komische Distanzierung, insbesondere durch Einfügung neuer Figuren und Episoden, die Transponierung ins 19. Jahrhundert, damit die Aktualisierung, die hinter der Figur Strombergs vielleicht die Gestalt Metternichs ahnen lassen soll, und die Doppelrolle Wendelins als ›satirischer Weltbetrachter‹ und als Opfer seines Teufelsglaubens unterscheidet *Höllenangst* dennoch deutlich von seiner Vorlage. Nestroy setzt neue Akzente, »poliert« (Yates) den Text auf, blendet durch Lokalisierung und Aktualisierung zeitgenössische Realität ein, was zu einer »Entpathetisierung« (R. Bauer) und damit zu kritischer Distanz führt. Ergebnis dieses Textaneignungsprozesses ist vor allem die Kunstfigur des Wendelin, der einerseits

Figur der Komödienwelt ist und mit den übrigen Figuren das Schicksal teilt, daß mit ihnen gespielt und daß ihnen ›mitgespielt‹ wird, andererseits aber diesen Horizont überschreitet und in seiner die Weltordnung mit Skepsis angehenden »Schicksals«-Kritik sich als Kämpfer für Menschlichkeit, Gerechtigkeit und Freiheit zeigt. In dieser Weise ist Wendelin fiktive Bühnenfigur und Verkörperung realer Wünsche und Forderungen des kleinen Mannes zugleich. Die Begrenztheit seiner Handlungen und die Selbsttäuschung versinnbildlichen die politische Realität der Zeitgenossen, seine Reflexionen aber deuten die revolutionären Möglichkeiten an, die freilich – nicht nur aus der Perspektive der Reaktion nach 1848 – Utopie bleiben.

Da Nestroy die Bekanntheit der Vorlage bei einem großen Teil des Publikums voraussetzen konnte, ist auch eine teilweise parodistische Bearbeitungsintention denkbar, die vor allem dem Motiv des Teufelsglaubens neue Akzente setzt. Friedrich Sengle sieht in Wendelins vermeintlichem Pakt mit dem Teufel »eine Art Faust-Parodie«, verkennt auch nicht das »folkloristische Dichtungselement«, über das sich die »Aufgeklärten« erhaben fühlen konnten. Franz H. Mautner spricht von »humoristischen Blasphemien«, und für Roger Bauer kommt den melodramatischen Handlungen und Intrigen symbolische Bedeutung zu. Nestroy spielt gewissermaßen mit Motiven der Populärliteratur, bedient sich der vorgeprägten Elemente, um – in parodistischer Distanz zur Vorlage – die Akzente seiner Aussage deutlich zu machen, die vom Privaten ins Soziale und Politische, darüber hinaus ins Existentielle führt. So mag, wie Mautner meint, Rio Preisners Begriff der »tragischen Posse« hier berechtigt sein, doch ist mit Sengle zu betonen, daß der Teufelspakt parodiert wird und auch die Konventionalität der Fabel eine tiefschürfende Interpretation verbietet.

Nestroys andere Akzentuierung macht, wie schon gesagt, aus dem Charakter des »Besessenen« der Vorlage eine Kunstfigur, die auf zwei völlig verschiedenen Ebenen agiert, welche von der Komödienhandlung nur notdürftig zusammengehalten werden. Insofern ist es auch problematisch, die Monologentwürfe über die Revolution gegen die Weltregierung in die Interpretation des Stückes einzubeziehen. Sengle meint, sie paßten nicht zu dem teufelsgläubigen Helden; die Stärke der Posse liege »in einzelnen vielzitierten Formulierungen religiöser und sozialer Art«, wobei das an Einfachheit gewöhnte Volkstheaterpublikum dem »religiös und sozial differenzierenden Stil und den entsprechenden ironischen Einfällen nicht viel Spaß abgewinnen« konnte. Die politische und utopische Dimension des Stücks sowie der in Possenmechanik verpackte »antikatholische Rationalismus« (Mautner) führten zu keinem theatralischen Erfolg, wie er z. B. Nestroys Revolutionsstück *Freiheit in Krähwinkel* (1848) oder auch der Travestie *Judith und Holofernes* (1849) beschieden war.

Die von Otto Rommel in Band 5 der *Sämtlichen Werke* zusammengestellten »Politischen Komödien« Nestroys 1848–50 – *Die Anverwandten*, *Freiheit in Krähwinkel*, *Lady und Schneider*, *Höllenangst*, *Der alte Mann mit der jungen Frau*, *Verwickelte Geschichte* – dokumentieren in theatralischen Bildern mehr oder minder Nestroys Einstellung zu Revolution und Reaktion und die sich für eine mit der Zeit gehende Volkstheater-Dramatik daraus ergebenden konzeptionellen Konsequenzen. Mit den Möglichkeiten der Posse, des Volksstücks und des politischen Lustspiels sowie Elementen der Unterhaltungsliteratur experimentierend, versucht Nestroy eine Theatralisierung der Realität, ohne diese ganz in der Spielwelt der Posse aufheben zu können. Figurenkonzeption und -konstellation, Sprachgestaltung und theatralische Wirkungsmittel halten einerseits die Illusion einer Komödienwelt aufrecht, verweisen andererseits fiktionsbrechend auf die zeitgenössische Wirklichkeit.

Höllenangst trägt nach Mautner ein Jahr nach dem Sieg der Reaktion die Zeichen der Zeit viel deutlicher als die übrigen Stücke: eine »vormärzlich-Kafkasche Situation auf der

Ebene des Kriminalromans«, kommentiert mit »schwarzem Humor«. Für Günter Berghaus strebte Nestroy eine Beschreibung der Atmosphäre an, in der die Wiener Bevölkerung zur Zeit der Restauration lebte; gezeigt werde »eine Kamarilla, die aufgrund ihrer Beziehungen zur Regierung unbeschränkt agieren kann und dabei selbst vor Verbrechen nicht zurückschreckt«. Die kleinen Leute würden ohnmächtig von den Herrschenden hin und her geschoben, verhaftet, mit dem Tode bedroht, dann wieder freigelassen, lebten in ständiger Angst; »das Volk ist der politischen Unterdrückung schutzlos ausgeliefert, die oppositionellen Kräfte mußten aus Österreich fliehen, zurückgeblieben ist ein Volk von Umsattlern und Gutgesinnten«. *Höllenangst* signalisiere einen Umbruch in Nestroys Haltung, dessen Hoffnung auf eine bessere Welt nach der Zerschlagung der Revolution geschwunden sei, und der nun »die soziale Ordnung der Welt nicht mehr als Resultat eines Klassenkampfes erfaßte, sondern das ewig unberechenbare Schicksal als Ursache dafür ansah«. Nestroy habe daraus die Konsequenz gezogen, daß sich der Mensch bescheiden, sich mit seinem Schicksal abfinden müsse. Dies ist nur eine mögliche Interpretation, und es muß davor gewarnt werden, Rollenaussagen Nestroys in jedem Fall mit seiner eigenen Meinung zu identifizieren. Stückdramaturgie und Stückaussage zeigen nur einige Aspekte des Lebens nach der Revolution, der nicht vollendete Monolog eröffnet eine weitere Perspektive.

Die Possenhandlung wird durch das Gattungsgesetz des Zufalls bestimmt, der konzeptionell auch die Koppelung von Komödienwelt und realer Außenwelt ermöglicht. Auf höherer Ebene wird der Zufall als »Schicksal« thematisiert und problematisiert. Die Figuren sind gleichzeitig fiktive Rollen und repräsentieren Vertreter der Gesellschaft, die durch das Gefälle von »oben und unten«, »arm und reich«, »gut und böse« bestimmt wird. Private und öffentliche Motive sind miteinander verkettet, die Handlungsfähigkeit der Figuren hängt vom Grad ihrer ökonomischen Selbständigkeit ab.

Politische und ökonomische Motive sind bei den Großen untrennbar miteinander verbunden. Die Kleinen sind in ihre Machenschaften verstrickt, dienen als Werkzeuge, aber sie sind es auch, die die Verbrechen aufdecken und dem Guten zum Sieg verhelfen können. Auch das gehört zur poetischen Gerechtigkeit der Posse.

Die Dialektik von Aktivität und Passivität, von Reflexion und Tat, zeigt sich besonders an Wendelin, der mehr vom Geschehen bestimmt wird, als daß er selbst – wie andere Zentralfiguren Nestroys – die Fäden in der Hand hielte. Innensicht und Außensicht sind bei ihm nicht so bruchlos miteinander verbunden wie bei Titus in *Der Talisman* (1840) oder Peter Span in *Der Unbedeutende* (1846). Er ist eine eher gespaltene Figur, einerseits Opfer der Komödienhandlung, andererseits doch mit Bewußtsein ausgestattet, das aber auf die Handlung nicht zurückwirkt. Interessant ist auch die Feststellung, daß Wendelin kein eigentliches Metier hat wie andere Zentralfiguren, über das er reflektiert und auf dessen metaphorischer Ebene er satirisch die Welt betrachtet. Das erhärtet die Vermutung, Nestroy habe hier stärker als in anderen Fällen die Posse als Vorwand und die Zentralfigur als Sprachrohr für seine eigene Meinung benutzt, sich dabei auf ein Minimum an Fiktionalität beschränkt, das die Vorlage zum größten Teil schon mitbrachte. Auch der umfangreiche und differenziert aufgebaute Entwurf des »Schicksalsmonologs« deutet in diese Richtung. Freilich wäre schon aus dramaturgischen Gründen seine Integration in die Posse schwierig geworden. Nestroys Perspektivenwechsel von der Fiktion, aus dem Rollenkostüm Wendelins, in die reale Situation des Publikums ist wohl ebensowenig verstanden worden wie die Verschlüsselung des politischen Alltags in das Intrigengeschehen nach dem Muster der französischen Vorlage. Überdies bot Wendelin für das Publikum zu wenig Identifikationsmöglichkeiten als Volksfigur.

Wendelin ist einerseits fähig, seine soziale Situation und den politischen Hintergrund zu durchschauen, andererseits aber kein Klassenkämpfer, sondern ein guter Mensch, der dem adeligen Wohltäter aus humanen Gründen zur Flucht verhilft. Er, der als »Proletariatsbeflissener [. . .] den ganzen praktischen Kurs vom Pauperismus durchgemacht hat« (II,11), muß erkennen: »Ich bin ein rechtschaffener Kerl, weiter nix – und das allein is schon g'nug, um kein Glück z'hab'n auf der Welt« (I,7), und: »Die Vorsehung hat mit die Reichen, mit die Glücklichen zu viel zu tun, für die Armen bleibt ihr ka Zeit« (ebd.). Als ›armer Teufel‹ bleibt ihm nichts anderes übrig, wenn schon von dieser und auch von der »anderen Welt« nichts zu erwarten ist, als sich mit dem Teufel einzulassen. Doch führen ihn sein grundsätzlicher Zweifel, seine bis zu den Wurzeln reichende Skepsis zu der Frage, ob man seine »seelengute Seele« in der Hölle überhaupt haben will. Daß er den Aberglauben verteidigt (II,17), deutet sowohl auf seine Kleinmütigkeit als Figur der Possenhandlung, die machtlos in sie verstrickt ist, Nestroy bot sich hier aber auch die Möglichkeit, aus der Rolle herauszutreten und von eher privaten Fällen in die soziale und politische Öffentlichkeit vorzustoßen.

Auftrittscouplet und -monolog zeigen schon, daß hier weniger eine Bühnenfigur exponiert, sondern ein Standpunkt, eine Haltung zur Welt formuliert wird. Die Schicksalskritik, die eine Kritik an der Geschichte ist, schließt mit einer Bemerkung, die den satirischen Geist Nestroys auf den Punkt bringt: »aber so viele herrliche Ideen haben das, wenn s' ins Leben treten, wachsen sie sich miserabel aus«, – eine Übertragung von Schillers Satire-Definition (»In der Satire wird die Wirklichkeit als Mangel dem Ideal als der höchsten Realität gegenüber gestellt«) auf die Bretter des Volkstheaters. In den Couplets I,14 und II,17 macht der Satiriker mittels der Methoden des Zweifels und des wörtlich genommenen Aberglaubens auf die Diskrepanz zwischen Wunsch und Wirklichkeit aufmerksam, wobei er neben eher private Beispiele vor allem die Folgen der Ereignisse von 1848 für Österreich und die europäischen Staaten stellt. Der »Freiheitstraum« ist ein Traum geblieben, der jetzt sogar von den ›Umsattlern‹ als

»Freiheitspest« diffamiert wird. Die Satire entlarvt den Widerspruch zwischen politischen Parolen und menschlichem Opportunismus. In Wendelins »Lebensgeschichte« (II,11) und in den satirischen Reflexionen drückt sich die Enttäuschung über die gescheiterte Revolution aus.
Sein Auftrittscouplet und -monolog in der für die Aufführung bestimmten Fassung zeigen nur einen Teil der Skepsis und Aggression gegen »Schicksal« und »Weltordnung«, die Nestroy in den Entwürfen zum »Schicksalsmonolog« (vgl. S. 105 ff.) äußert. Christoph Kuhn hat diesem Monolog eine subtile Interpretation gewidmet, die die Mehrdimensionalität des Schlüsselbegriffs »Schicksal« im Denken Nestroys entfaltet. Rio Preisner hat die philosophische Dimension vertieft. Schicksal ist für Nestroy ein zugleich mythischer, metaphysischer, historischer, soziologischer und moralischer Begriff, der den obersten Platz in seiner Begriffshierarchie einnimmt. Am unberechenbaren Schicksal zerbrechen Logik und planendes Handeln, es stiftet Glück und Unglück, scheint mit den Reichen und Dummen im Bunde zu sein. Reichtum scheint ein Schutz gegenüber dem Schicksal zu sein. »Eine Million ist eine schußfeste Brustwehr, über welche man stolz hinabblickt, wenn die Truppen des Schicksals heranstürmen wollen« (II,8), heißt es in *Zu ebener Erde und erster Stock*; »Schläg' vom Schicksal« können dem nichts anhaben, dessen »Gelder sicher liegen«, »Häuser assekuriert« und »Realitäten [. . .] nicht zum stehlen sind« (*Der Zerrissene* I,5). Den meisten Nestroyfiguren ist das Schicksal aber eine willkürliche und ungerechte Instanz: »Wir sein nix als / Narren des Schicksals« (*Der Talisman* III,11) oder: »Das Schicksal peitscht d'Menschen und nimmt ihnen 's Brot« (*Liebesgeschichten und Heiratssachen* II,9). Der Kampf gegen das Schicksal, das personifiziert auch als »Fatum« erscheint, ist aussichtslos, und das Leben des einzelnen gleicht einem »aus der Urne des Schicksals« gezogenen Lotterielos (*Müller, Kohlenbrenner und Sesseltrager* I,3). Zeigt sich das Schicksal weniger ernst, erscheint es »in der populären Harlekinsmaske des Zufalls« (*Mein Freund* III,9).

Nestroys Schicksalsbegriff kommt aus der barocken Vorstellung einer hierarchischen Weltordnung, die – nicht nur aus der Sicht einzelner Individuen – als ungerecht und unvernünftig empfunden wird. Nestroy entwickelt keine Schicksalsphilosophie, sondern kombiniert überlieferte Bilder und Vorstellungen, die er mit sozialen und politischen Akzenten versieht. Das Schicksal ist bei ihm blind für die Menschen, durchkreuzt ständig ihr Glück, und letzten Endes hat auch der vermeintliche Halt in materieller Sicherheit vor ihm nicht Bestand. Das Schicksal verschont, so sieht es für den kleinen Mann jedenfalls aus, eher die Reichen und läßt an einer gerechten Weltordnung zweifeln. Verliert einmal ein Reicher seinen Besitz, so wird dies als ausgleichende Gerechtigkeit empfunden.

Wendelins Hadern mit dem Schicksal geht weiter, er schließt von der Ungerechtigkeit der Welt auf den Zustand der »Weltregierung«, der gottgefügten Ordnung. Für ihn ist daher das Leben auf der Erde ›Hölle‹ im doppelten Sinn, durch soziale Determination und Lebensangst geprägt. Der Protest gegen soziale Ungerechtigkeit verbindet sich mit dem Zweifel am Gottesglauben, der die Weltordnung als vernünftige Einrichtung unterstützt. Für Wendelin, der die Dialektik von Glauben und Wissen durchspielt, ist daher die Aussicht auf die bessere Welt im Jenseits kein Trost. In ausgefeilter Rhetorik entfaltet er Revolutionäres im Gewand der Posse. Während im ersten Entwurf die Vielfalt und Weite des Schicksalbegriffs zur Sprache kommen, legt der zweite Monologentwurf den Akzent stärker auf die soziale und politische Dimension.

An einem anderen Vorgang kann gezeigt werden, warum der Monolog keine Chance hatte, die Zensur zu passieren. Der Zensor beanstandete in *Mein Freund* (1851) den Satz »Es ist Luxus vom Schicksal, daß es Pfeile schleudert, an seinen Fügungen sieht man ohnedem, daß es das Pulver nicht erfunden hat« (II,12), weil er im Widerspruch mit der religiösen Ergebenheit stehe. Nestroy rechtfertigte sich: »Das ›Hadern mit dem Schicksal‹ glaube ich, kann nichts Anstößiges haben, denn es existiert gar kein Stück, wo derlei nicht in allen Nuancen vorkömmt. Raisonnements über Schicksal, blinden Zufall, Glückslaunen, Verhängnis usw. machen den größten Teil der Reflexionen aller Stücke aus und sind zu keiner Zeit als kollidierend mit der christlichen Religion – welches sämtliches Obbenannte ignoriert und nur eine Vorsehung statuiert – betrachtet worden [...].« (*Sämtliche Werke*, Bd. 15, S. 375 f.) Was der Zensor zu dieser Einlassung anmerkt, könnte auch für *Höllenangst* gelten und zeigt den wahren Grund der Beanstandung: »Daß übrigens Nestroy beim Niederschreiben dieser Posse an die Tagespolitik nicht gedacht haben soll, ist kaum zu glauben, indem dies eine allzu große Selbstverleugnung voraussetzen ließe, die von dem Verfasser des berüchtigten Stückes *Freiheit in Krähwinkel*, welches im Jahre 1848 ungeheuren Skandal verursachte, nicht zu erwarten wäre« (ebd., S. 382).

Konzeptionelle Probleme der »Posse mit Gesang« hat es auch noch aus anderen Gründen gegeben. Nestroys Vorlage enthält nur wenige Ansätze zu komischer Sprach- und Handlungsgestaltung sowie keine Lieder, wie etwa die Vaudevilles, von denen er mehrere bearbeitete. So hat er durch Lokalisierung, durch Wechsel der Sprachebenen (Dialekt und Hochsprache), durch Einfügen komischer Figuren und auch durch die musikalische Gestaltung das Possenhafte herauszuarbeiten versucht. Dafür spricht auch die Rückkehr zu der in den Stücken nach 1842 seltener werdenden Form des Quodlibets, das ja sozusagen reines Unterhaltungstheater bietet. Mit seiner Maxime »Wer nicht benutzt den Augenblick der Freud', / G'hört unter die Narren und wird niemals g'scheit« (III,15) steht das Quodlibet kontrapunktisch zum Ernst der Possenfabel. Es lenkt den Blick des Zuschauers auf die Ebene der vordergründigen Handlung zurück (»Wie wird sich die G'schicht noch enden«, ebd.), doch bleibt die soziale Thematik präsent. Theatralische Unterhaltung und Aussagetendenz sind in *Höllenangst* nicht so ins Gleichgewicht gebracht wie in anderen Possen. Handlungsdynamik, Quodlibet und ›Happy end‹ vermögen nicht, die dargestellte Realität im Theatralischen ästhetisch aufzuheben, es bleibt – wie auch in

der Figur Wendelins – bei der (gewollten?) Differenz zwischen Fiktion und Wirklichkeit.
Dieses Pendeln zwischen dem bekannten literarischen Stoff und den Anspielungen auf die Realität hat es Publikum und Kritik schwergemacht, sich mit dem Stück anzufreunden. Der Kritiker der *Wiener Theaterzeitung*, die Vorlage fälschlich »Vaudeville« nennend, spricht denn auch von einem »Fehlgriff«; das Publikum habe das Interesse verloren, als es den längst bekannten Stoff wiedererkannte, das Stück sei »nicht so reich mit Witz dotiert, wie Herrn Nestroys sonstige Bühnenarbeiten«. Getadelt wird der »überstürzte, sehr unbefriedigende Schluß«, während Quodlibet und Lieder gelobt werden. Offensichtlich hat man sich mehr possenspezifische Unterhaltung und weniger Aussage gewünscht.
Pfrim trifft am Stückanfang die Feststellung, die auch am Ende nicht widerlegt ist: »Alles Lug und Trug auf der Welt« (I,2). Es gibt in der Zeit der Reaktion keine Hoffnung auf Veränderung und Besserung, jedoch bleiben die Träume und Wünsche, und es sind private Lösungen möglich, in denen so etwas wie die Aufhebung von Fremdbestimmung aufscheint. Der Ausflug ins Metaphysische zeigt, daß sich der Mensch durch Einbildung seine eigene Wirklichkeit schafft und dabei zum Gefangenen seiner Vorstellungen und Wünsche werden kann. Andererseits geben Einbildung und Reflexion, konstruktiv gewendet, auch wieder die Kraft, der »Höllenangst« zu entgehen. Peter von Matt hat entdeckt, daß die überlegene Weisheit vieler Äußerungen Nestroys »ihren Kontrapunkt in einer Todesangst« besitzen. Ihr »entspricht ein unheimlicher Scharfblick für die Bewegung, in die die gesamte gesellschaftliche Entwicklung geraten ist«. Wendelins »Höllenangst« ist eine Variation und Verarbeitung der biographisch bezeugten »Panik« Nestroys. Sie korrespondiert mit der schon von Zwirn in *Der böse Geist Lumpazivagabundus* (1833) geäußerten »Herzensangst« (III,10) vor der Zukunft und findet in der Posse ihre ästhetische Bewältigung in der Lebenstüchtigkeit der Zentralfiguren.

INHALT